KB190444

당신은
나에게
선물입니다

김선화 지음

당신은 나에게 선물입니다

추천사

저자는 군부대 선교사로 사역하는 목사의 사모이자 어린이집 교사와 중간 관리자로 일하는 슈퍼우먼입니다. 일터에서 만나는 아이들과 부모 그리고 교사를 모두 하나님이 지으신 존재로 보고 관계 속에서 발생하는 갈등을 의사소통 기술로 해결하면서 동시에 개인의 존귀함을 일깨워 사역을 기쁨으로 감당하는 사역자입니다.

저자는 그 힘을 어린시절 하나님이 주신 자연의 선물이라고 말합니다. 고향 순창의 자연은 그의 놀이터이자 하나님의 사랑과 섭리를 깨닫는 소통의 장이었습니다. 어린 시절 사계절의 추억은 그에게 삶에 힘을 주는 원동력인 동시에 힘든 인생을 살아가는 사람들에게 생기를 공급할 수 있는 힘의 원천이 되었다고 고백합니다.

그의 어린시절 추억의 사계절은 깊은 아픔을 딛고 다시 설 수 있는 힘이 되었고, '상처받은 치유자'로서 다른 이들의 상처를 보듬어 줄 수 있는 큰 숲이 되었습니다.

저자가 파주에서 교회 개척시절 '효과적인 부모 역할 훈련' 전 과정을 수료하고 강사로 활동한 것이 자신을 돌아보고 소중한 자아를 가꾸는 계기가 되었다고 말합니다. 이런 경험이 진정한 자신을 찾지 못해 방황하는 많은 사람들을 치유하고 행복한 어른이 되도록 돕는 역할을 하게 된 것입니다.

'당신은 나에게 선물입니다'를 읽는 분들이 자신만의 아름다운 추억을 길어 올리며 힘을 얻고 행복한 삶을 찾게 되시기 바랍니다.

_ 정성진 목사

추천사

고난과 쓰라린 관계 속에서, 자신이 얼마나 귀한 존재인가를 발견하는 일은 누구에게나 결코 쉬운 일이 아니다. 이 책은 저자의 아픈 상처를 모두 보여주며, 그 상처들을 어떤 노력과 은혜로 다독일 수 있었는지, 결국 타인이 아닌 자기 자신이 어떻게 자신을 돌보고 양육했는지를 보여주고 있는 책이다.

저자가 자랐던 보평리에서의 사계절을 따라 읽다 보면, 그곳에서 저자와 함께 산과 들로 쏘다니는 신기한 경험을 하게 된다. 아름다운 자연이 눈에 선하고, 귀여운 꼬마 아가씨가 보이고, 그 꼬마 아가씨가 엄마라 불렀던 할머니와 할아버지의 모습이 눈앞에 본 듯 떠오른다. 꼬마 아가씨의 당황스럽고 난처하고 아픈 마음까지!

자전거가 넘어져 쏟은 막걸리보다 네가 더 중하다고 말씀해 주신 '할머니 엄마'가 계셨기에, 고사리 따고 모내기하며 엄마·아빠가 빚 다 갚고 다리 펴고 주무시기를 바라는 기특한 꼬마 아가씨로 자랄 수 있었다.

엄마·아빠를 닮아 사람을 좋아하고, 도와주기를 좋아하는 아이로 자랄 수 있었지만…. 그러나 엄마는 있는데, 아버지라 부를 사람이 없던 꼬마 아가씨는 사춘기와 함께 반항의 때를 겪는다.

그때마다 부를 아빠가 없어도 하나님 아버지로 인해 하늘 아빠를 끝없이 부르며, 금기어였던 '아버지'를 부르고 위로받을 수 있었다.

저자는 자신을 어떻게 받아들여야 하는지 그리고 타인들과는 어떻게 관계해야 하는지에 대해 쉼 없이 배우고, 다짐하고, 감사하고, 노래하고, 자신의 삶을 해석하고, 자신을 응원하는 단장이 되기까지 저자의 태도와 노력은 실로 놀랍고 눈물겹다.

가정 상담가인 노먼 라이트 H. Norman Wright는 그의 저서 『당신의 과거와 화해하라』(2021, 죠이북스)에서 "그리스도인은 자신에게 긍정적인 부모 역할을 할 수 있는 능력이 있다."라고 이야기한다. 그렇다. 주님 안에 거하는 우리에게는, 내가 나의 좋은 부모가 될 수 있는 능력이 있다. 같은 의미로, '나는 내 마음의 양육자가 되어야 하고, 될 수 있다.'고 말하고 싶다.

저자는 그 고되고 힘겨운 노력을 해냈다. 자신에게 가장 좋은 양육자이자, 부모의 삶을 살아냈다. 그리고 자녀들에게 도저히 말로는 설명할 수 없는 자신의 삶을 이 책을 통해 담담히 말해주고 있다. 자신에게도, 자녀에게도 최선을 다한 삶이다.

낳아주신 아버지를 천국에서 만날 때까지 편지로 인사하며 전하는 저자의 메시지가 아름답다.

"당신은 나에게 선물입니다."

가슴 아프고 쓰라린 관계 속에서, 과연 어떤 인생을 살아가야 할지 고뇌하는 모든 이들에게 이 책을 추천하는 바입니다.

_**박인경**, 「부모면허」의 저자

Prologue
귀하고 귀하다

살다 보면 겪고 싶지 않은 일, 건너뛰었으면 좋을 법한 일들이 왕왕 일어난다. 그런 일들을 마주하며 우린 때로 이런 생각에 사로잡히기도 한다.

'왜 하필 나야! 왜?'

'내가 무슨 죄를 지었길래?'

'나만큼 불행한 사람은 없을 거야'

실은 내가 그랬다. 나에게 주어진 현실과 내가 아무리 몸부림쳐도 바뀌지 않는 현실에 세상을 향해, 신을 향해 원망의 소리를 원 없이 쏟아부었던 때가 있었다. 신기한 것은 오만가지 감정을 쏟아내고 뱉어내면 마음이 시원하고, 후련해졌다. 외부에서 들어오는 걸림돌이 없을 때는 말이다. 그런데 잔잔한 호수에 아주 작은 돌멩이만 던져도 파동이 이는 것처럼 누군가의 말 한마디, 일상의 크고 작은 일들, 때론 폭풍우 같은 일들을 만나면 마음은 다시 원상 복귀된다.

'그럼 그렇지!'

'나 까짓 게 뭐라고'

'태어나질 말았어야 했는데'

독한 화살을 안팎으로 쏘아대며 스스로 상처를 입힌다. 내가 그랬다.

평범하지 않은 방식으로 이 세상에 존재하게 된 나! '행여 들킬세라' 감추고 덮기 위해 더듬이를 오롯이 밖으로 세우고 살던 나! 그런 나에게 어느 날 조용히 찾아온 목소리가 있었다.

'선화야! 많이 힘들지? 얼마나 외로웠니? 억울하고 원망스러웠지?'

그리고 그다음에 들려온 내 안의 목소리에 나는 목 놓아 울 수밖에 없었다.

'선화야! 네 잘못이 아니야. 너는 세상에서 가장 귀한 사람이란다. 누가 뭐라고 해도 너는 가장 귀한 사람이란다.'

누군가 그랬다. 세상에 사연 없는 인생은 없다고. 누구나 가슴 아픈 비밀을 안고 살아간다. 그 비밀은 실연이나 버림받음, 죽음과 관련된 것이다. 그런데 문제는 고통과 상처에 둘러싸인 자아에 가려져서 정말 귀하고 귀한 실제 나를 발견하지 못하는 것이다.

나는 내 어릴 적 경험을 통해 '귀한 존재로서의 나'를 발견한 이야기를 나누고, 독자들께 '당신은 세상에서 가장 귀한 존재입니다.'라는 말씀을 전하고자 한다.

코로나와 뒤이어 몰아닥친 후폭풍으로 최악의 경제적 위기와 가정의 위기, 취업난까지 찾아온 지금은 누구 하나 어렵고 힘들지 않은 분들이 없다. 그런 분들께 내 이야기가 작은 위로와 힘이 되면 좋겠다.

나는 여러분의 응원단장이 되고 싶다. "당신은 정말 소중한 존재입니다!"라고 소리 높이 외치는.

2024년 1월 당신의 응원단장 드림

차례

Part 2. 이상한 나라의 여자아이

Part 3. 치유와 성장의 길

Part 1

보평리의 사계절

봄

고사리 대사리 끊자

내가 자랐던 곳은 전라북도 순창군 쌍치면 보평리이다. 보평리행 버스를 타면 진풍경이 펼쳐진다. 자리에 가만히 앉아 있어도 여기서 들썩, 저기서 들썩하고, 때론 동시 공중부양이 펼쳐진다. 울퉁불퉁한 비포장도로가 끝났나 싶으면 이번엔 엄청나게 무시무시한 낭떠러지가 기다리는 꼬불꼬불한 산길이 나온다. 길은 얼마나 좁은지 반대편에서 차라도 한 대 마주 올 때면 그야말로 끝도 없는 후진을 해야 한다. 그렇게 우여곡절을 겪으면서 오르고 또 오르면 이번에 귀가 먹먹해진다. 고도가 높아지니 기압이 낮아지는 것이다. 이 고비를 거치며 버스가 오르막의 정점을 찍는 순간, 귀는 무장 해제되고 드문드문 마을이 보이기 시작한다.

둔전리, 시산리, 무동리를 지나면 내가 사는 보평리가 나온다. 동쪽도 산, 서쪽도 산, 남쪽도 산, 북쪽마저도 산으로 둘러싸여 있다. 그리고 그 안에 넓은 평야가 있고, 그 평야가 풍요로울 수 있도록 돕는 보(洑)가 있어 보평리라는 이름이 붙여졌다.

도시에 사는 사람들은 보가 생소할 수도 있다. 보는 흐르는 하천의 물을 막아 물을 가두기 위한 수리시설로, 댐과 비슷한 역할을 하지만 댐보다 규모가 작은 농사의 필수 아이템이라고 생각하면 된다. 보평리는 20가구가 조금 안 되는 마을이라 집집이 서로의 사정을 훤히 다 알고 있고, 주민들끼리는 형, 동생으로 부르며 끈끈한 정이 있는 관계로 맺어져 있다.

계절이 바뀔 때마다 시골에는 연례행사 같은 일들이 있는데, 봄철의 연례행사는 고사리 끊기이다. 나도 모르게 머릿속에 노랫말이 떠오르고 흥얼흥얼 노래가 흘러나온다. 난 이미 엄마랑 고사리를 끊으러 앞산에 가 있다.

고사리 대사리 끊자 나무 대사리 끊자
유자 꽁꽁 제비나 넘자 아장 장장 벌이여
끊자 끊자 고사리 대사리 끊자
앞동산 고사리 끊어다가 우리 아빠 반찬 하세

《고사리 대사리 끊자》 전라도 민요

고사리를 끊으러 갈 때는 많은 준비물이 필요 없다. 긴 고무줄 바지에, 바지를 충분히 감쌀 수 있는 두툼한 양말을 신고, 엄마가 만들어 준 천 가방만 옆으로 메면 의상 준비는 끝이다. 엄마는 장갑도 챙기고 고사리를 끊어 담을 비료 포대나 마대 자루도 챙긴다. 엄마는 고사리가 많이 자라는 산이 따로 있다면서 앞산까지 가신다. 우리 집 바로 뒷산에 고사리가 많으면 좋으련만 하필 멀리 있는 앞산에 고사리가 많을 게 뭐람. 초등학교 1학년이 가기엔 멀어도 너무 멀다. 그래도 난 자연스럽게 엄마를 따라나선다. 왜 그랬을까? 내가 사는 마을에서는 아이들이 집안일, 농사일을 돕는 게 일상이었다. 그러니 어릴 적부터 엄마의 일과가 나의 일과가 된 것이다.

앞산 초입부터 내 눈은 고사리를 찾아 레이저를 쏘고 있다. 고사리를 찾을 때마다 "엄마 고사리! 여기도! 여기도! 여기도!" 신나게 고사리를 끊어 자루에 담는다. 고사리를 찾아 걷다 보니 길도 없는 깊은 산속까지 왔다. 누구의 무덤인지 잔디는 군데군데 비어 있고, 들짐승이 파놓은 구멍에 풀까지 무성하다. 겁이 많은 나는 무덤을 보는 순간 소복 입은 처녀 귀신이 떠올라 몸이 경직되었다. 그런데 이게 웬일인가? 웬 떡인가? 고사리가 무덤에 가득하다. '주변에 있는 것만 끊어야지' 하는 생각을 하면서 둥그런 무덤가를 돌며 고사리를 끊는데 무덤 위에 고사리가 많아도 너무 많다. 여기 있는 것만 끊으면 천 가방이 다 찰 것 같다. 나는 조심스럽게 무덤에 한 발을 올리고 팔을 뻗어 팔이 만드는 반경 안에 들어오는 고사리를 끊어 담는다. '누가 나를 밟고 올라가니?' 하는 소리가 무덤에서 들리는 것 같다. 등골이 오싹해지고, 순식간에 공포와 두려움이 나를 휘감는다. 그 순간 나를 안심시키는 소리가 들린다. "선화야!"

엄마다. 나는 큰소리로 "엄마!"하고 부르며 조막만한 손에 가득한 고사리를 자랑스럽게 내민다. "어이구 우리 선화, 고사리 많이 끊었네. 자루가 다 찼어. 엄마보다도 많네!" 엄마의 그 한마디가 나를 또 춤추게 한다. 그리고 그 에너지로 무덤을 오르며 고사리를 줍줍한다.

"어이!" 모내기

5월이면 모내기가 시작된다. 학교에서는 공식적으로 농번기 방학까지 준다. 눈코 뜰 새 없이 바쁜 이 시기엔 손 하나가 간절하기 때문이다. 요즘처럼 스케줄 애플리케이션이 있는 것도 아닌데 부모님 머릿속에는 일주일 모내기 일정이 저장되어 있다. 오늘은 진수네가 모내기하는 날이다. 나의 생사를 좌우하는 점심밥과 새참이 해결되는 곳이니 일찌감치 진수네 논으로 향한다. 동네 언니와 오빠들은 아직 오지 않았다. 논두렁에 앉아 토끼풀을 뜯어 소꿉놀이를 하고 있으면 아이들이 하나둘 모이기 시작한다. 우리는 모내기 1분 대기조다. 수시로 논두렁을 따라 돌며 모 다발을 채우고, 때론 어른들의 빈자리에 투입되기도 한다.

모내기에도 지휘자가 있다. 논두렁 양 끝에서 못줄을 잡은 두 어른이 지휘자인데 그중 한 분이 우리 아빠다. 못줄은 아무나 잡는 게 아니다. 목소리도 우렁차야 하고 못줄 간격도 잘 유지하면서 못줄을 너무 빠르지도 느리지도 않게 넘겨주는 감각이 필요하다. 그 일을 아빠가 하시니 어찌 어깨가 으쓱하지 않을 수 있을까? 한 움큼 쥔 모 다발에서 서너 개만 똑 떼어 못줄의 꽃눈 자리에 모를 콕콕 심으면 "어이!" 하는 구령과 동시에 못줄이 넘어간다. 손과 발과 눈의 삼박자가 맞아야 하고 속도까지 맞아야 허리 펼 시간을 벌 수 있다. 나는 엄마에게 시선을 고정하고 논두렁에 서서 엄마처럼 모심는 흉내를 내본다.

드디어 우리 집 모내기가 있는 날이다. 사람들이 많이 온다고 하니 잔치라도 하는 것처럼 괜스레 마음이 설렌다. 엄마는 새벽부터 점심준비로 바쁘다. "선화야! 밭에서 상추랑 가지 좀 따오너라." 엄마 말씀이 떨어지기가 무섭게 나는 소쿠리 가득 상추와 가지를 따서 잽싸게 엄마에게 드린다. 논에 물을 대고 오신 아빠가 경운기에 짐을 싣기 시작하면 나는 엄마 도우랴, 아빠 도우랴 손발이 바빠진다. 마지막으로 아빠가 모내기에 필요한 물품들을 다시 한번 점검하면 엄마는 경운기에 실은 국통과 반찬들이 흔들리지 않게 자리를 잡고 앉는다. 아빠는 "으쌰!" 하고 나를 들어 올려 경운기에 태운다. "선화야, 이리 와서 엄마 꽉 붙잡아라." 하는 말에 나는 엄마 허리춤을 꼭 잡는다. "털털털털털!" 경운기가 움직인 지 5분도 지나지 않아 자갈길이 험난해진다. 심한 진동에 흔들리지 않으려고 엄마 허리를 감싸안으며 엄마 등에 꼭 기댄다. 하늘도 맑고 햇볕도 쨍한 걸 보니 올 벼농사는 대박이 날 것 같다. 그래도 나는 기도한다. '엄마, 아빠 빚 다 갚고 다리 펴고 주무시게 해주세요.' 하고.

분주한 한나절이 금세 지나고 점심 먹을 시간이 다가온다. "선화야, 점방 가서 막걸리 네 병만 받아오너라." 엄마 말씀에 나는 자전거로 달려간다. 점심 먹을 시간에 맞추려면 자전거를 타고 가야 한다. 일찍이 나는 내 키보다 더 큰 자전거 타는 방법을 터득했다. 안장에 앉으면 다리가 발판에 닿지 않아서 안장과 바퀴 사이의 공간에 다리를 집어넣고 자전거를 비스듬히 기울여서 발판을 밟는다. 나는 자전거에 발동을 건다. 어린 내가 자전거를 타는 모습은 기인열전의 한 장면 같다.

"점방 할아버지, 막걸리 네 병 주세요." 할아버지는 내가 가져가기 좋게 봉지에 막걸리를 두 병씩 나누어 담아 주신다. 향긋한 막걸리 냄새가 코를 자극한다. 나는 병뚜껑 밖으로 흘러나온 막걸리 향의 유혹을 이기지 못하고 "후르릅!" 빨아들인다. '으음, 그래! 이 맛이야!' 한 번 더 "추르르릅!" 막걸리를 빨아들인다. 달콤하니 맛있다. 어릴 적부터 술을 좋아하시는 아빠 덕분에 나는 엄마가 손수 만들어주신 막걸리 맛에 익숙했다. 그뿐만 아니라 아빠를 닮아 술도 좋아한다. '아뿔싸 이러다 막걸리 병이 줄어든 티 나겠다.' 얼른 정신을 차리고 논을 향해 페달을 밟는다. 코너만 돌면 우리 논이 보이는데 자전거가 말을 듣지 않는다. 자꾸 한쪽으로 쏠리는 것 같더니 코너를 돌 때 기어이 자전거가 밀려 결국 막걸리 병이 땅으로 굴러떨어졌다.

"어! 어! 어! 막걸리!" 나는 아픈 다리는 뒷전이고 흘린 막걸리가 아까워 왈칵 눈물을 쏟는다. 얼른 자전거를 밀어내고 주섬주섬 막걸리 병을 세워서 다시 봉지에 담는다. 다행히 두 병은 살렸다. 지레 겁을 먹은 나는 살려 낸 두 병의 막걸리를 나머지 두 병에 나누어 담아 네 병 모두 양이 비슷하게 만든다. 우여곡절 끝에 논에 도착했다. 평소 같으면 "막걸리 받아왔어요!" 하고 아빠에게 자랑하듯 내밀었을 텐데 괜히 양심에 찔려 막걸리 병을 슬그머니 바닥에 내려놓고 엄마에게 간다. 달콤한 도둑 막걸리가 아빠의 칭찬과 심부름 값을 대신했다.

"선화야, 어서 밥 먹어라. 내 새끼 배가 등가죽에 붙겠네." 하는 엄마 목소리가 들린다. 엄마는 하얀 쌀밥을 소복이 담아 주신다.

“엄마, 근데 내가 막걸리 받아오다 쏟아 버렸네.”

“어찌다 그랬다냐?”

“자전거가 미끄짐서 넘어져 부렀당게.”

“야야 그것이 뭐 대수다냐? 너는 괜찮냐?”

“응, 엄마. 나는 암시랑토 안 해.”

“그럼 되았다. 그까짓 막걸리가 뭣이 중하다냐. 모질라면 또 받아 먹제.”

엄마의 그 한마디에 밥맛이 꿀맛이 되었다. 꼬치꼬치 묻지 않으시고 오롯이 나를 걱정하는 엄마의 사랑에 목이 메어 ‘다시는 막걸리 마시지 말아야지.’ 다짐한다. 남은 오후 모내기도 문제 없다.

웬 떡이야

우리 동네는 먹을 것이 넘친다. 논과 밭의 수확이 풍성하고 거기에 과수원 부럽지 않게 다양한 과일나무가 차고 넘친다. 겨울에 태어나 눈을 좋아하는 내가 봄을 기다리는 이유가 있다면 새콤달콤한 과일 때문이다. 보리수, 앵두, 딸기, 살구, 맛의 끝판왕 자두까지 기가 막힌 조합이다. 과일이 나는 간격까지도 적당하여 입이 심심할 새가 없다. 딸기 먹다 질리면 보리수 먹고,

보리수 먹다 물리면 앵두 먹고, 우리 집에 없으면 옆집이나 앞집 가서 먹고, 그야말로 행복 그 자체다. 앵두라고 다 같은 앵두가 아니고 자두라고 다 같은 자두가 아니다. 토양의 성질과 땅의 위치에 따라 과일의 크기와 맛의 차이가 엄청나다.

영훈이 집에는 보리수나무가 많다. 부엌과 샘을 둘러싸고 보리수나무가 줄지어 서 있는데 샘가에 있는 보리수 열매가 유독 크고 달다. 희경이 집은 자두 맛집이다. 집 뒤안에 자두나무가 쪼르륵 서 있는데 벌통 옆에 있는 나무에 열리는 자두가 내 입에 딱 맞다. 성수 아저씨 집 도랑 옆에 위험천만하게 서 있는 앵두나무에 열리는 앵두는 알이 굵고, 통통하니 맛있다. 그중에서도 나의 최애는 도영이 집 자두나무다.

도영이 집은 시대를 앞서가는 집이다. 작년에 개량종 자두나무를 심었는데 올해 자두가 열렸다. 개량종 자두는 내 눈에 신세계였다. 재래종 자두는 백 원짜리 동전 크기이고 좀 크다 하면 오백 원짜리 동전 크기인데, 개량종 자두는 아기 주먹만 했다. 압도적인 크기에 눈이 휘둥그레지고 그 맛이 너무 궁금해졌다. 내 간절함을 아는 사람은 역시 우리 엄마다. "도영이 엄마! 우리 선화 자두 먹고 싶어 죽네, 죽어." 하는 말이 떨어지자마자 도영이 엄마는 온화하게 웃으며, "선화야 따다 먹그라. 나는 시퍼런 게 보기만 해도 시다." 하신다. 도영이 엄마는 천사다. 정말 천사 맞다.

왕 큰 나무에 왕 큰 자두가 달렸다. 나는 두 번 세 번 점프를 한 끝에 겨우 가지 하나를 낚아챘다. '와! 50%는 성공이다.' 생각하며 가지 끄트머리에 붙은 자두를 하나 똑 따서 붉은 과피가 뿜어낸 뽀얀 분가루를 옷에 쓰윽쓰윽 문질렀다. 그리고서 아기의 통통한 볼살을 깨물듯 '앙' 하고 한입 베어 물었다. '캬! 이 맛이지!' 침샘이 폭발한다. 신세계가 맞다. 내가 심마니였다면 "심봤다!"를 외쳤을 거다.

지금, 이 순간 내가 가장 부러운 사람은 도영이다. 그리고 내가 가장 듣고 싶은 말은 도영이 엄마가, "선화야, 먹고 싶을 때 아무 때다 따다 묵그라." 하시는 말씀이다. 나는 괜히 도영이네 집 주변을 서성인다.

은실 언니가 좋아!

일찍이 혼자 자란 나는 형제가 많은 집이 부러웠다. 그중에서도 언니가 있는 집이 가장 부러웠다. 언니가 있는 아이들은 뭐가 달라도 다르다. 옷차림, 머리 모양, 신발까지 굉장히 세련되고 예뻐 보인다. 내게도 그런 언니가 있다면 얼마나 좋을까 생각했다. 머리부터 발끝까지, 언제든 변신이 가능할 테니 말이다. 언니 중 나의 로망은 은실이 언니다. 은실이 언니는 나보다 세 살 많은데, 아들이 둘이고 딸이 넷인 집의 막내다. 큰 키에 순한 성격의 언니는 나를 친동생처럼 아껴주고 챙겨주었다. 언니도 오빠도 없는 나는 은실 언니를 잘 따랐고, 우리는 서로의 집을 오가며 재미있게 놀았다.

계절이 바뀔 때면 언니는 옷을 정리하는데, 그럴 땐 "선화야, 이리 와봐." 하며 옷장을 열어 보여준다. 내 눈동자는 커지고 가슴은 두근거린다. '언니가 이번엔 어떤 옷을 주려나? 작아진 옷이 많았으면 좋겠다. 옷들아, 어서 내게 오렴.' 하고 생각하며 떨어질 콩고물을 기대한다. 이런 내 마음을 알 리 없는 언니는 옷장의 옷을 들었다 놨다 한다. 그럴 때마다 내 마음도 들렸다 놓였다 한다. '언니, 응! 그거! 이것도! 그렇지, 그것도!' 정작 입 밖으로는 한마디로 못하면서 속으로만 아우성친다. 언니가 "선화야, 이거 입을래?" 하면, 속으론 '웬 떡이야. 당연히 입지.' 하면서도 겉으로는 체면을 차리며 "언니가 입어야지!" 한다. "나는 작아서 못 입어. 너 입어. 이것도, 이것도." 언니는 내가 들고 가기 좋게 보따리에 나누어 옷을 싸준다. "언니, 고마워. 잘 입을게." 나는 수줍은 미소를 지으며 옷을 받는다.

은실 언니는 내 코디네이터기도 하다. 미용사 언니를 셋이나 둔 은실 언니는 손재주가 좋아서 머리를 잘 만진다. 언니는 실력자 중의 실력자다. 나는 언니 덕분에 초등학생 신분으로 양 갈래, 네 갈래, 여섯 갈래, 그리고 무한 갈래 디스코 머리까지 하고 다녔다. 지금 보니 흡사 레게머리 같았다. 언니는 사극에 등장하는 왕비들의 올림머리까지 할 수 있었으니 누구라도 언니의 실력을 인정할 수밖에 없었다. 언니 실력은 요즘 식으로 표현하면 '엄지 척!'이었다.

오늘은 일 년에 한 번 언니가 아카시아 줄기로 파마를 해주는 날이다. 나는 며칠 전부터 설레는 마음으로 기다렸다. 길가에 핀 아카시아 줄기를 따서 꽃잎을 떼 낸다. 파마가 시작되기도 전에 내 마음은 꽃향기로 물들고, 꽃들이 머금고 있는 꿀로 내 입도 즐거워진다. 언니는 능숙한 손놀림으로 아카시아 줄기를 이용해 파마를 시작한다. 머리 전체가 초록 물감을 뒤집어쓴 것 같다. 신나게 놀다 해가 질 무렵 아카시아 줄기를 하나씩 풀면 나는 선화 공주님으로 변신해 있다. 적당한 굵기의 웨이브가 바람에 날리면 나는 그 바람에 맞춰 머리를 매만지며 만족스러운 표정으로 언니를 바라본다. "언니, 고마워!"

여름

물놀이 3종 세트

날씨가 더워지기 시작하면 물놀이가 시작된다. 나는 물에 들어가기만 하면 시간 가는 줄 모르고 논다. 학교가 끝나고 돌아오는 길에 친구들은 서로 약속을 잡는다. 밥 먹고 바로 물놀이하는 것을 피하라는 선생님 가르침대로 "얘들아, 밥 먹고 2시에 만나자. 늦게 오면 안 된다잉!" 하고 당부한다. 나는 집에 도착하자마자, "엄마, 학교 다녀왔습니다!" 큰소리로 인사를 해보지만 아무런 인기척도 들리지 않는다.

마루에 가방을 내려놓고 부엌으로 가보니 점심이 차려져 있다. 밭일을 끝낸 엄마가 나를 기다리고 계실지도 모른다는 기대감이 실망감으로 변했지만, 엄마의 밥상은 그 실망을 금세 지워버린다. 내가 좋아하는 신김치를 넣고 자박자박하게 지진 고등어 조림이다. 나는 지진 김치를 쭉 찢어 흰 쌀밥 위에 돌돌 맞아 올린 후 크게 한 입 먹고, 이번엔 고등어 살을 올려 연거푸 몰아 넣는다. '오메, 목 메켜 죽겄네!' 갑자기 가슴이 조여오며 목이 멘다. 처음 있는 경험이 아니지만, 그 느낌이 싫지 않은 건 맛있는 음식을 먹을 때 생긴 일이라서 그렇다. 나는 동치미 국물을 들이켜며 위기 상황에서 탈출한다. "어휴, 배야." 배가 터지기 일보 직전까지 먹었으니 배가 아플 만도 하다.

나는 잠시 마루에 누웠다. 선명한 파란 하늘에 뭉게구름이 둥실 떠 있다. 나는 뭉게구름 위로 폴짝 뛰어오르는 상상을 한다. 구름을 타고 짧고도 긴 여행을 하고 돌아오자 벌써 친구들과 약속한 시각이 다가온다. 나는 길게 편 수건에 팬티를 놓고 돌돌 말아 들고 콧노래를 부르며 냇가로 간다.

냇가에 도착하니 물놀이가 한창이다. 보(洑) 건너에 사는 아이들은 언제부터 물놀이를 했는지 입술이 퍼렇다. 친구들과 나는 옷을 벗어 넓적한 바위 위에 올려놓는다. 저학년은 팬티만 입고, 2차 성징이 나타나는 고학년은 티셔츠에 팬티, 바지를 수영복 대신 입는다. 나는 팬티만 입고 준비운동을 한 후 심장에서 먼 쪽부터 톡톡톡 물을 묻힌 후 천천히 물 안으로 걸어 들어간다.

물이 허리쯤 오면 물에 엎드려 머리만 물 위로 내밀고 팔과 다리를 물속에서 열심히 휘저으며 개헤엄을 친다. 개헤엄이어도 잠수, 다이빙, 게임까지 다 된다. 개헤엄의 속도를 높이고 싶으면 두 팔을 앞으로 쭉 뻗었다가 팔을 뒤로 힘차게 보내면서 그때 생긴 힘을 이용해 앞으로 길게 나아가면 된다. 잠수를 하려면 먼저 얼굴을 물속으로 깊이 담그고 몸은 얼굴보다 물속으로 더 깊숙이 들어간다는 느낌으로 내려간다. 그러면 냇물 바닥까지 잠수할 수 있게 된다. 보통 잠수는 돌멩이 찾기 게임을 하거나 깊은 물에 있는 다슬기를 잡을 때 사용하는 기술이다.

개헤엄을 칠 때 들리는 퉁당퉁당 소리에 맞춰 물놀이하기 좋은 곳까지 왔다. 비가 오고 일주일이 지나서 냇물이 제법 많고 물살도 평소보다 거칠지만, 물놀이하기엔 괜찮다. “선화야, 우리 돌멩이 찾기 하자!” 하는 친구의 제안에 흔쾌히 “좋아!” 하고 말한다. 우리는 물속에서 눈에 띄는 특이한 돌멩이를 찾는다. 어떤 돌멩이를 찾을 것인지 정하는 것부터 이미 게임은 시작되었다. 전율이 넘친다. 아기 손바닥만 한 크기의 빗살무늬 돌멩이가 당첨되었다.

“자 간다.” 주사위가 던져졌다. 다섯 명의 선수가 돌멩이가 떨어진 곳을 향해 출발한다. 개헤엄으로 돌멩이가 떨어진 곳을 주시하며 가던 나는 앞서가는 친구 때문에 마음이 급해졌다. 그래서 팔을 최대한 앞으로 쭉 내밀며 물살을 가르기 시작했다. 그런데 점점 거리가 벌어진다. 안 되겠다. 나는 돌멩이가 떨어진 위치를 한 번 더 눈에 넣은 후 잠수를 한다. 역시 스피드를 내려면 잠수가 최고인가? 물속에서 눈을 떠보니 내 앞에 아무도 없다. 그제야 물 밖으로 고개를 내밀고 숨을 쉬며 경로를 확인하고 다시 잠수한다.

지금부터는 눈을 뜨고 돌멩이를 찾아야 한다. 나는 붕어처럼 눈을 크게 부릅뜨고 돌멩이를 찾는다. '보인다. 보여!' 팔만 뻗으면 닿을 곳에 돌멩이가 보인다. 나는 숨을 꾹 참고 힘차게 몸을 앞으로 뻗으면서 손을 내밀어 돌멩이를 잽싸게 집어 물 밖으로 나온다. "찾았다! 헉! 헉! 헉!" 거칠게 몰아 쉬던 그날의 내 숨소리가 아직도 귀에 쟁쟁하게 들려온다.

물놀이는 심심할 겨를이 없다. 이번엔 200미터쯤 되는 강폭을 건너는 게임이다. 강의 한가운데는 수심이 아이들 두 명 키를 넘을 만큼 깊어져 도전자가 많지 않다. 그런데 어디에서 나오는 자신감인지 나는 또 나선다. 이 게임은 동시에 출발하지 않고 한 사람씩 출발한다. 혹시나 중간에 힘이 빠지거나 위험한 일이 발생했을 때를 대비해서다. 먼저 힘이 좋고 수영을 잘하는 수택이 오빠가 출발한다. 역시 오빠는 가볍게 강을 건너더니 건너편에 있는 넓은 돌에 안착한 후 손을 흔든다.

다음은 내 차례다. 나는 크게 심호흡을 한 후 출발한다. 누군가는 경기의 승패를 좌우하는 게 페이스 조절이라고 했는데, 처음부터 너무 힘을 쏟은 나는 중간까지 가지도 못하고 힘이 빠졌다. 더는 가기 힘들 것 같다. 나는 남은 거리와 건너온 거리를 순식간에 계산하고 경로를 바꾸어 다시 출발지점으로 돌아갔다. 하마터면 큰일 날 뻔했다. 누가 뭐라 하는 사람도 없는데 나는 괜히 멋쩍어하며 물 밖으로 나온다.

물속에 있을 때는 몰랐는데 물 밖으로 나오자 몸이 오들오들 떨린다. 이빨은 내 의지와 상관없이 덜덜덜 소리를 내며 부딪치고, 그 소리에 다리 힘이 더 풀리는 것 같다. 나는 부들부들 떨며 자갈들을 주워 구들장을 만들고 있는 은진이에게 간다. "은진아, 어잇, 추워!" 하자 은진이는 "선화야, 여기 우리 집이야." 한다. 나는 은진이에게 "나 너희 집에 초대해 주라." 한다. 마음 좋은 은진이는 "그래, 근데 너 들어오려면 문을 만들어야 하는데…."라고 한다. 나는 판판하고 널찍한 돌을 찾아 두리번두리번한다. 다행히 가까이에 돌이 보인다. 올록볼록한 자갈들이 닿을 때마다 발이 아파서 까치발로 걸어가 주워온 돌로 문을 만들었다. 은진이네 집에 초대받은 나는 은진이와 둘이 누워 몸을 녹인다. 태양 이불이 따뜻하게 몸을 감싸자 스르르 몸이 녹는다.

나는 은진이에게 "우리 조금 있다 다슬기 잡을래?" 하고 물어본다. "그래, 그러잖아도 엄마가 다슬기 잡아 오라고 했는데." 은진이는 흔쾌히 수락한다. 신나게 물놀이하고 저녁거리까지 준비하는 우리가 진정한 챔피언 같아 불끈 힘이 솟는다.

나는 그날 일을 알고 있다

내가 사는 지역은 20여 가구가 듬성듬성 촌락을 이루고 산다. 가구 수가 적으니 아이들 수도 적고, 그러다 보니 인근에 초등학교가 없다. 우리가 다니는 학교까지 가려면 30분 가까이 걸어야 한다. 학교 가는 길도 녹록지 않다. 어떤 친구는 다리를 건너오고, 어떤 친구는 도랑을 건너온다. 나도 예외는 아니어서, 작은 야산을 하나 넘어야 한다.

내가 다니는 시산초등학교는 산 아래에 자리하고 있었는데, 그 시절엔 교명을 시산국민학교라고 했다. 우리 학교는 한 학년에 한 반씩만 있었는데 한 학급의 학생 수가 많게는 스물대여섯 명, 적게는 열예닐곱 명이었다. 운동장에는 몇십 년은 넉넉히 돼 보이는 벚나무들이 여러 그루 있다. 벚나무 열매는 우리들의 간식이었다. 점심시간에 나무를 잘 타는 한수 오빠가 가지를 하나씩 꺾어 바닥으로 떨어뜨려 주면 우리는 입술이 보라색으로 물들 때까지 버찌를 먹었다. 학교 뒤쪽으로는 자두나무도 많아서 자두가 익을 때면 소사 아저씨를 도와 양동이 가득 자두를 따서 전교생이 함께 나눠 먹기도 했다.

학교에 다니면서 내가 가장 불편하고 무서웠던 건 화장실이었다. 학교 괴담 시리즈 중 대표적인 귀신 이야기는 '내 다리 내놔'이다. 겁 많은 내게 화장실은 아킬레스건과 같다. 화장실은 학교 뒤쪽에 있었는데 남녀 공용이었다. 양쪽이 뚫려 있는 통로를 통해 들어오면 한쪽 벽면에 남학생들이 소변보는 곳이 있었는데 여기는 칸막이도 없고 문도 없었다. 맞은편에는 칸막이와 문이 달린 화장실이 있었다. 대여섯 칸의 이 화장실은 주로 여자아이들이 사용했다. 문짝이 오래된 나무라서 문을 열 때마다 '삐걱' 소리가 났고, 앉아서 변을 볼 수 있게 뚫어진 구멍으로는 대변이 얼마나 쌓였는지 훤히 보였다. 여름이면 암모니아 냄새도 진동했다.

초등학교에 입학한 지 얼마 되지 않은 어느 날 나는 처음으로 학교 화장실에 갔다. 문을 열고 들어갔는데 내가 다리를 벌리고 앉기에는 구멍의 폭이 애매했다. 한 발을 건너편에 옮겨 놓아야 볼일을 볼 수 있을 텐데 볼일을 보기도 전에 똥통에 빠질 지경이었다. 나는 한 발은 고정하고 나머지 한 발을 들었다 놓기를 반복하며 거리를 가늠해 본다. 내 인생 최대의 난관이었다. 그러나 나는 용기를 내었고 끝끝내 그 어려운 일을 해내고 말았다. 의지의 한국인이라는 말이 그래서 나왔나 보다. 그런데 성공률 100%에도 초등학교 6년 내내 나는 화장실을 무서워했다.

화장실 말고도 내가 공포심을 갖는 대상이 또 있었는데 그것은 뱀이라는 존재였다. 산길이나 논길을 걷다 보면 뱀이 '스으윽' 하고 수풀 사이를 지나가기도 하고 걸어가는 내 앞으로 지나가기도 했다. 나는 뱀이 너무 싫다. 아니 무섭고 두렵다. 삼각형의 작은 얼굴에 눈, 코, 입이 모두 들어가 있는 그 피조물은 쭉 째진 눈으로 나를 볼 때마다 빨간 혀를 날름거린다. 마치 나를 잡아먹겠다는 태세다. 혼자서 하교를 하는 날은 죽을 맛이다.

나는 두려움을 쫓아내기 위해 크게 노래를 부른다. "이놈의 뱀아, 나 지나간다. 제발 나오지 마라." 내 노래에 뱀들이 겁을 먹었는지 절반 이상을 왔는데도 뱀이 나오지 않는다. 한시름 놓았다. 이제 산만 무사히 넘으면 된다. 그런데 산 초입에 들어서자마자 색이 울긋불긋하고 몸집이 통통하고 기다란 뱀이 스윽 지나간다. "엄마야!" 하고 소스라치게 놀라는 내 소리에 뱀도 놀랐는지 잠시 주춤하더니만 다가오던 속도보다 더 빠르게 수풀 속으로 사라진다.

나는 얼음이 되어버렸다. 매번 겪는 일인데도 적응이 안 되고 심장이 요동친다. 집에 가야 하는데 발걸음이 떨어지지 않는다. 지나갔던 뱀이 '어디가? 나 여기 있지!' 하고 돌아올 것만 같아 움직이질 못하겠다. 나는 마음속으로 말한다. '하나, 둘, 셋, 하면 뛰는 거야! 자, 하나, 둘, 셋!' 하지만 도대체 발걸음이 떨어지질 않는다. 하나, 둘, 셋만 무한 반복하고 있다. 이러다 집에 못 가겠다. '이번엔 기필코 뛴다!' 마음을 단단히 먹은 나는, "하나, 둘, 셋, 엄마야!" 하고 소리를 지르며 뛰기 시작한다. 뱀이 쫓아오는 것만 같아 차오르는 숨을 몰아쉬며 산등성을 단숨에 뛰어 올라간다. 이제 내리막이다. 저기 우리 집이 보인다. "아휴~" 나는 가슴을 쓸어내리며 안도의 한숨을 내쉰다. 그리고 나름대로 위기를 탈출한 오늘 일을 떠올리며 '내일도 무사히'를 기도해 본다.

무더운 여름 아침이다. 평소 변비가 심한 나는 보통 집에서 볼일을 보는 편인데 그날은 학교에서부터 계속 신호가 와 화장실에 들락날락했지만 끝내 일을 보지 못했다.

학교가 끝나고 집으로 가는 길 나는 노래를 친구삼고 걸었다. 아주 어릴 적부터 노래를 좋아한 나는 삼촌의 기타 반주에 맞춰 노래를 불렀고 삼촌은 그런 내가 귀엽고 신기했는지 내 노랫소리를 녹음해 주기도 하였다. 기쁠 때나 슬플 때, 무서울 때나 두려울 때도 나는 노래를 불렀다. 혼자 학교에서 집으로 오는 길은 무서운 일이 벌어질 수 있는 때라 '즐거운 생활' 시간에 배운 노래를 메들리로 부르며 걸어온다.

그런데 산을 오르기 시작하면서부터 배가 살살 아파진다. 종일 똥을 못 싸서 그런가 보다. 산길을 걷는데 배가 더 아파진다. '조금만 참자, 조금만 참자.' 하고 나를 달래보지만 야속하게도 배는 더 아파져 오고 식은땀이 난다. 내리막에 이르자 배가 뒤틀리기까지 한다. 기어이 클라이맥스에 다다른 것이다. 앉기만 하면 쌀 것 같다. 아니 쏟아질 것 같다. 나는 내리막을 정신없이 뛰었다. 그런데 도저히 안 되겠다. 이러다 바지에 싸겠다 싶어 얼른 수풀 속으로 들어갔다. 바지를 내림과 동시에 '푸지지익' 하고 굵은 똥이 쏟아진다.

온종일 이뤄내진 못한 거사를 집을 코앞에 두고서 치르고 말았다. 다행히 잎사귀가 넓은 풀들이 손 닿는 곳에 있다. 엄마에게 배운 생활의 지혜다. 나는 풀을 뜯어 쫙 펴서 엉덩이를 닦고 바지를 추켜올리며 아무 일도 없었다는 듯 일어난다. 땅에 거름도 주고, 종일 묵직하였던 배가 쑥 꺼져 기분도 좋아지니 콧노래가 절로 난다. 그런데 뒤통수가 화끈거리는 건 왜일까?

한배를 타다

우리 학교는 동서남북에서 모여든 대략 열두 동네 아이들의 공동체다. 지금은 토요일 등교가 없어졌지만 내가 학교 다니던 시절엔 토요일에도 학교에 갔고, 3교시 수업 후에는 대청소를 했다. 대청소가 끝나면 동네별로 운동장에 모여 전체 종례를 한다. 선두엔 동네에서 최고학년인 오빠가 서고, 오빠 뒤로는 저학년부터 두 명씩 짝을 지어 서서 교장 선생님 훈화 말씀을 듣는다. 초등학교 1학년인 나는 맨 앞줄에 서서 교장 선생님 말씀을 열심히 듣는다. '잘 들으면 빨리 끝내주시겠지?' 하는 생각으로. 하지만 오늘도 20분은 말씀하신 것 같다.

드디어 출발이다. 우리는 동네별로 차례차례 출발한다. 집에 갈 때도 그냥 가지 않고 비닐봉지에 쓰레기를 주워 담으면서 간다. 이때 최고학년인 호진이 오빠의 리더십은 진가를 발휘한다.

동네에 도착하면 호진이 오빠는 마을회관 앞에서 멈추고 단 위로 올라선다. 오빠가 "얘들아! 내일 동네 청소 있다. 7시 30분까지 여기로 모두 모여라. 알았지?" 하자 모두 한목소리로 "예!" 하고 대답한다. 그러자 호진이 오빠는 박력 있게 "해산!" 하고 외친다. 역시 호진이 오빠는 멋지다. 벌써 내일 아침이 기다려진다.

새마을 운동이 시작되고 동네엔 많은 변화가 생겼다. 무거운 기와지붕은 가볍고 튼튼한 슬레이트 지붕으로, 비포장 찻길은 아스팔트 길로 바뀌었다. 그리고 얼마 전 흙길이었던 동네 길이 시멘트 길로 바뀌었다. 그 덕에 우린 매주 일요일 동네를 청소하게 되었다.

닭 우는 소리에 눈을 떠보니 약속 시각 10분 전이다. 나는 비닐봉지와 빗자루를 챙긴다. 싸리나무 가지를 말려 만든 싸리 빗자루는 잘 쓸리는 데 너무 오래 사용하여 빗자루 대가 얼마 남지 않았고, 대나무 결 자리를 말려 만든 대나무 빗자루는 한 번에 먼지들을 멀리까지 보낼 수 있지만, 빗자루 길이가 내 키를 훌쩍 넘어서 사용하기가 힘들다. 그래도 나는 실용적인 대나무 빗자루를 집어 들고 회관으로 간다. "얘들아, 두 명이 길 하나씩 맡아서 깨끗이 청소하자. 끝난 사람은 알아서 집으로 간다. 느그들 다 가고 나면 내가 집에 가면서 검사헌다." 꼼꼼하게 잘 청소하라는 호진이 오빠 말이다.

나는 빗자루의 중간을 잡고 시멘트 길을 힘껏 쓸었다. 길 위에 떨어진 돌이며 흙덩이들이 데구루루 굴러간다. 한 번 더 힘차게 거센 마찰력을 이기고 비질을 한다. 몇 번 쓸고 나니 팔이 아프다. 나는 빗자루를 잡고 우두커니 서 있다 내가 쓸고 온 길을 돌아보았다. 길이 엄청 깨끗해졌다. "엇따, 아그들이 청소하드만 길이 겁나게 깨끗해져 부렀구만." 어른들의 칭찬 소리가 들리는 것 같다. 나의 상상력 덕분에 힘찬 비질은 계속되었다.

다시 새로운 주가 시작되었다. 오늘은 아침부터 비가 내린다. 2교시가 막 시작됐는데 방송이 나온다. "학생들은 모두 가방을 메고 동네별로 운동장에 빨리 모여주세요." 무슨 일이 생긴 건지 몰라 웅성거리던 아이들의 걱정스런 눈빛이 어느 순간 집에 간다는 환희로 바뀌어 간다. 운동장은 우산을 쓰고 줄을 서 있는 아이들로 빼곡하다. "선화야, 일로 와!" 은실이 언니가 손짓한다. "언니!" 나는 마치 우리 언니인 양 은실이 언니 옆에 바짝 붙어 선다.

"자, 주목!" 선생님의 호령에 주변이 조용해진다. "조금 전 일기예보에 호우경보가 발령되어 모두 지금 하교해야 한단다. 대장들! 아이들 잘 데리고 집으로 가야 한다. 알았지?" 하자 오빠들이 "네!" 하고 대답한다. 평소 까불까불하던 대장 오빠들은 어디 갔는지 없고 비장한 대장 오빠들의 목소리만 들린다.

학교 밖을 나서자 이미 물은 논두렁을 범람하였다. 지대가 낮은 곳은 물이 정강이까지 찼다. 앞에 가던 진수가 물 스케이트를 타자 너도, 나도 물을 가르며 걷는다. 위험 상황인데 우리는 왜 이리 즐거운지 모르겠다. 아마 서로가 서로를 지켜주리라는 굳은 믿음이 있어서 그런가 보다. 비는 그칠 줄 모르고 계속 퍼부었다.

다음 날 아침이 되자 이장님이 방송했다. "흐, 흐, 아, 아, 마이크 테스트! 보평 마을 주민 여러분 안녕하십니까? 이장입니다. 간밤에 내린 비로 다리가 범람혀서 오늘 학교는 쉽니다. 다시 한번 안내 말씀 드리것습니다. 집중호우로 다리가 범람허고, 뭣이냐, 산사태 날까 무서운 게 오늘은 아그들 각자 집에서 잘 데리고 있기 바랍니다."

"선화야, 오늘 학교는 비 땜시 못 간 게 집에 있그라잉." 엄마가 말씀하셨다. 농작물을 둘러보고 오신 아빠는 깊은 한숨을 내쉬며, "아따, 올 벼농사는 다 지었구만." 하신다. "오메, 어쩐다요? 못 쓰겠서라. 물 쪼까 빠지믄 괜찮겠지라." 엄마는 부디 괜찮기를 바라는 마음을 아빠에게 말하며 속상함을 감춘다. "그랑께. 괜찮으면 좋겄구만. 어쩔랑가 모르겄네. 물 빠지믄 한 번 보세. 그나저나 이 사람아, 걱정허지 말게. 하늘이 허는 일을 우리가 뭔 힘으로 막는당가? 기다려보세." 아빠는 걱정하는 엄마를 먼저 안심시킨다. 역시 우리 아빠가 최고다.

약방의 감초

남들이 가지 않은 길에 걸음을 내딛고 길을 만든다는 것은 쉬운 일이 아니다. 많은 것을 감내해야 하며 그 과정도 결과도 오롯이 견뎌내야 한다. 그것을 알면서도 아빠는 새로운 농작물과 품종에 관심을 가지셨다. 아마 가장으로서의 책임감이 아빠를 그렇게 만든 것 같다. 일에 대한 열정과 성실함, 빠른 결단력과 추진력은 아빠를 따를 사람이 없었다.

아빠의 선구안으로 우리 집은 동네에서 가장 먼저 담배 농사를 시작했다. 어린 나이의 나는 그 담배가 어른들이 끊기 힘들어하는 담배의 원료라는 것을 초등학교 5학년쯤이 되어서야 정확하게 깨닫게 된 것 같다.

작은 비닐 포트에 담겨 있는 담배 보종에는 갓 태어난 아기 손바닥보다도 작은 잎이 너덧 장 붙어 있다. 이렇게 작은 담배 모종도 땅 맛을 보기만 하면 길이가 1미터 중반부터 2미터까지 자란다. 아기 손바닥보다 작았던 잎은 백 배 이상 커져 담배밭에 한 번 들어가면 어디에 누가 있는지 찾을 수 없을 만큼 무성해진다.

담배는 잎을 따서 말린 후 상품화하면 한국담배인삼공사에서 전량 수매해 가는, 판로가 확실하고 돈도 되는 농사이다. 지금은 건조기가 있어 조금 수월해졌다지만 담배 농사는 모든 과정이 손이 많이 가고 힘든 일이다. 게다가 하필이면 숨이 턱턱 막히는 한여름이 담뱃잎 수확 시기이다. 아무리 새벽부터 담뱃잎을 따기 시작해도 더위는 피할 길이 없다.

담뱃잎이 내뿜는 끈적한 니코틴 진액이 '내가 담배다.'라며 자신의 정체를 상기시키는 것 같다. 울창한 밭고랑을 헤치며 걸으면 진액 때문에 누가 붙잡는 것처럼 저항감이 느껴질 정도다. 고랑을 몇 번 오가면 진액과 흙먼지가 엉겨 붙어 머리부터 발끝까지 금세 지저분해진다.

담배밭에서 내가 하는 일은 담배 다발을 운반하거나, 운반할 담배 다발이 없으면 고랑 하나를 꿰차고 들어가 담뱃잎을 따는 일이다. 농사일 스승인 엄마는 내 옆 고랑에서 담뱃잎 따는 방법을 직접 시범 보이며 가르쳐준다. '백문이 불여일견'이라는 말처럼 아주 확실한 가르침이다.

담배 나무 아래쪽에 붙어 있는 연두색에 가깝고 축 처진 잎이 잘 익은 잎이다. 잘 익은 담뱃잎은 딸 때마다 똑똑 소리가 난다. 나는 쪼그리고 앉아 담뱃잎을 딴다. 그런데 점점 다리가 저린다. 다리가 저려서 도저히 견딜 수 없을 정도가 되면 나는 자연스럽게 무릎을 땅에 대고 기면서 담뱃잎을 딴다. 담뱃잎이 모여 담배 다발이 되면 그것을 이랑 위에 척척 올려놓는다. 그래야 한 고랑을 다 땄을 때 이랑 위에 있는 담배 다발을 운반할 수 있다.

한나절이 지나면 담뱃잎 따기도 마무리된다. 잎을 많이 딴다고 농사는 아니다. 그날 딴 담뱃잎은 그날 엮어 달지 않으면 물러지고 썩어 무용지물이 된다. 점심을 먹은 후 품앗이 어른들이 왔다. “부안 양반, 우리 왔서라.” 아빠는 비닐하우스 옆에 검은 천을 덮어 그늘을 만들어 놓았다. 어른들이 그늘 아래 빙 둘러앉으면 나는 담뱃잎을 나른다.

드디어 본격적인 담뱃잎 엮기가 시작된다. 비슷한 크기의 담뱃잎을 두 장 골라 줄기가 있는 겉쪽끼리 맞댄 후 한 번에 엮어 나가는 것이다. 나는 아빠 옆에서 담뱃잎을 두 장씩 맞대어 드리면서 어른들의 담뱃잎이 떨어지기 전 보급하는 일을 담당한다. 꽤 중요한 보직이다. 이제 길게 엮은 담뱃잎을 비닐하우스 양 끝에 달아맨다. “선화야, 여그서 줄 잘 잡고 있그라.” 하는 아빠의 말에 나는 자신 있다는 표정으로 고개를 끄덕이며, “네!” 하고 대답한다. 금세 엮은 담배를 모두 매달았다. 이제 통풍을 시켜주면서 담뱃잎이 갈색이 될 때까지 말려주면 된다. 장마철이 겹칠 때면 담뱃잎 말리는 게 여간 어려운 게 아니다. 그럴 땐 비닐하우스 문을 올렸다 내리기를 무한정 반복해야 한다.

이렇게 정성 들여 말린 담배를 거두어 줄에서 빼내는 일도 쉽지 않다. 너무 바짝 말린 잎은 빼내는 과정에서 부서져 산산조각이 나기도 한다. 적당하게 수분을 머금고 있는 담배가 상품가치가 있다. 그래서 담배를 말리고 빼내는 일은 도예가가 도자기를 정성 들여 굽는 것처럼 해야 한다. 줄에서 모두 빼낸 잎을 크기와 품질을 기준으로 분류한다. 같은 품질의 담뱃잎이 내 손 안에 잡힐 만큼 모이면 보기 좋게 포대에 담아 포장한다.

담배를 포장할 때 아빠 손은 요술 손이다. 아빠는 내 머리 쓰다듬듯 담뱃잎을 쓰으윽 만지는 것 같은데 아빠 손길이 닿으면 목욕한 아이처럼 담뱃잎이 말끔해진다. "아빠는 어떻게 그렇게 보기 좋게 포장혀요?" 했더니, 초롱초롱한 내 눈을 본 아빠가 "해보고 잡냐?" 하신다. 아빠는 내 손을 잡고 "요로코롬 하믄 어찌냐?" 하면서 담뱃잎을 쓸어 보이신다. "오메, 신기허네요. 인제 혼자 해볼 텐게 봐봐요." 큰소리쳤지만 성공 반 실패 반이다. "어따 금세 제법 허네." 뭔가 뿌듯한 기운이 솟구친다. 담뱃잎이 모두 1등급을 받아 아빠 지갑이 두둑해졌으면 좋겠다.

❀

가을

불쏘시개

우리 집은 내가 초등학교 4학년이 될 때까지 아궁이에 불을 지펴 생활했다. 부엌에 있는 솥 세 개는 요리를 위한 용도인 동시에 온돌방을 데우는 용도로 사용되었다. 그러다 보니 장작은 겨울을 보내기 위한 필수준비물 중 하나가 되었고 아빠는 바쁜 가을 농사를 하다가도 틈을 내어 산에 나무를 하러 가셨다.

어느 날 나는 학교에서 돌아오는 길에 우연히 지게에 나무를 가득 지고 산에서 내려가는 아빠의 뒷모습을 보게 되었다. 나무를 얼마나 많이 했는지 아빠가 발걸음을 옮길 때마다 지게가 휘청거렸다. 아빠의 그 모습을 보게 된 후부터 나는 학교에서 돌아오면 누가 시키지 않아도 가방을 내려놓고 아빠가 만든 대나무 갈퀴와 포대를 들고 산에 올랐다. 아빠처럼 큰 나무를 하거나 도끼로 장작을 팰 수는 없었지만, 불쏘시개를 준비하는 것은 가능했다.

오늘은 솔잎이 수북하게 쌓인 명당을 찾았다. 나는 갈퀴로 잘 마른 솔잎만 살살 긁어 모둠을 만들고 몇 개의 모둠이 모이자 포대에 담기 시작했다. 모아 놓은 솔잎이 아직 많이 있는데 포대가 넘친다. 이럴 땐 발을 넣어 솔잎을 꾹꾹 밟고 포대가 터지지 않을 만큼 솔잎을 쑤셔 넣는다. 금세 포대가 내 키만 해졌지만, 입구를 잡고 끌면 쉽게 끌려온다. 덩치는 산만 하지만 허깨비다. 산에서 내려오는데 엄마가 좋아하는 버섯들이 보인다. 나는 그냥 지나치지 못하고 버섯을 따서 포대에 담는다. 정말 '운수 좋은 날'이다.

가마솥의 누룽지

농촌은 겨울을 빼곤 항상 분주하다. 학교가 끝나고 집에 오면 아무도 없는 날이 부지기수다. 나는 가장 먼저 숙제를 해놓고 눈에 보이는 집안일을 한다. 조용히 집안일에 집중하다 보면 고요한 정적이 스멀스멀 찾아온다. 그리고 그 정적은 곧 나를 외로움과 두려움 속으로 몰아넣는다. 이런 감정을 떨쳐내기 위해 나는 언제부턴가 집안일을 하며 상상 연극을 한 편씩 상연했다.

그러면 시간도 빨리 가고 힘도 들지 않는 것처럼 느껴진다. 오늘도 나는 집안일을 하며 일인 다역의 드라마를 상연했다.

“여보! 당신 장화에 묻은 흙이 여기 다 떨어졌네요.” 하고 엄마가 말하면, “아, 그래? 내가 쓸어 줄 텐게 기둘려보소.” 하고 아빠가 말한 후 얼른 빗자루를 가지고 와 툇마루를 쓴다. 툇마루를 쓸고 난 아빠는 “아, 이봐! 나 잠깐 누울란디, 마루에 먼지가 많네, 그려.” 한다. 엄마는 “후딱 걸레로 훔쳐드릴게요.” 하고 걸레를 빨아 마루를 닦는다. 그리고 아빠에게 말한다. “여보, 여그 누워서 눈 좀 붙여요. 시장하실 텐데 내가 언능 가서 저녁밥 해서 올게요.” 한다.

엄마는 쌀독에서 쌀을 반 되쯤 떠서 양푼에 붓고 ‘오도독오도독’ 소리 나게 씻은 후 가마솥에 붓고 손등까지 물을 붓는다. 그리고서는 성냥에 붙은 불이 얼른 불쏘시개에 옮겨붙도록 “후우후우” 열심히 입으로 바람을 분다. 불은 붙지 않고 매운 연기만 가득해지자 엄마는 “아이고, 연기 한번 오지게 맵네!” 한다.

아빠는 “당신 괜찮은가? 비켜보소.”라고 하지만 엄마는 “아녀, 아녀요. 이 양반도 참, 쪼까 쉬지. 나 참말로 괜찮은디.”한다. 그러는 사이 불이 붙었다. 나는 얼른 나뭇가지를 얼기설기 올려 화력을 높이고 저녁밥을 짓는 것으로 드라마는 끝이 났다.

해가 뉘엿뉘엿 질 무렵이 되어서야 엄마가 왔다. 부리나케 부엌으로 들어오신 엄마는 “오메, 내 새끼! 밥해놨는가? 시상에나 우리 효녀 딸! 우리 효녀 딸! 너 없었으면 어쨌을랑고?” 하시며 솥을 열어 한 김 뺀 후 주걱으로 밥을 뒤집는다. “아따! 물량을 어찌 이리 딱 맞게 잡았는지 밥이 아주 맛있게 되었구먼.” 하시며 웃는다. 소소한 시골밥상이 세 식구가 모이자 행복한 밥상이 되었다.

겨울

눈 오는 날

나는 사계절 중 겨울을 가장 좋아한다. 뉴스에서 첫눈 예보라도 하는 날이면 달력에 커다랗게 '첫눈 오는 날'이라고 적어놓고 그날을 손꼽아 기다렸다. 그리고 기다렸던 첫눈이 오고 나면, 그때부턴 매일 아침 일어나 문을 열 때마다 눈이 하얗게 쌓인 '눈 나라'를 기대했다.

부지런한 아빠는 동이 트기 전 불을 지피기 위해 자리를 털고 일어나신다. 온기가 식어가는 온돌방을 다시 데우고 사용할 물도 데워야 하기 때문이다. 잠결에 아빠의 목소리가 들려온다. "어따, 뭔 눈이 이렇게 많이 왔다냐! 겁나게 퍼붓네." 드디어 기다리던 눈이 내리는 모양이다. 나는 방문을 열고 빼꼼히 밖을 내다보았다. 하얀 눈이 온 세상을 덮다 못해 나의 온몸도 덮을 것 같았다. "와아! 눈이다." 이불에서 자동 반사되어 튕겨 나온 나는 완전무장을 하고 밖으로 나간다.

그 사이 아빠는 눈을 쓸어 길을 만들어 놓으셨다. 그런데 그 모습이 마치 홍해가 갈라지는 장면 같았다. 구약성서 출애굽기에는 모세가 이스라엘 백성들을 이집트에서 이끌고 나올 때 홍해가 갈라지면서 가운데 길이 생기고 갈라진 물이 양옆으로 물벽을 세운 것 같았다는 구절이 나온다. 아빠는 툇마루에서부터 마당을 통과하여 집 밖까지 이어지는 길을 내셨는데, 양옆으로 눈 벽이 세워진 것이 마치 홍해의 물 벽 같았다. 그 길을 걷노라니 엄마 품속처럼 포근하고 따뜻하게 느껴져서 계속 머물고 싶었다.

아침을 먹고 나오자 벌써 뒷산에서는 웅성웅성 아이들 소리가 들린다. 갑자기 마음이 급해진 나는 얼른 비료 포대에다 지푸라기를 3분의 2쯤 채워 산으로 간다. 힘이 좋은 오빠들이 차례차례 한 사람씩 포대를 깔고 미끄러져 내려오면서 눈 위에 썰매 길을 내고 있었다. 썰매 길이 조금씩 윤곽을 드러내더니 결국 오빠들은 100미터가 족히 되는 눈썰매 길을 만들었다.

지금부터는 누가 더 즐겁게 노느냐가 문제다. 너 나 할 것 없이 신나게 산을 올라 눈썰매를 타고 내려온다. 올라갈 때는 헉헉거리며 숨을 내쉬어도 내려올 때는 얼마나 짜릿한지 누구도 멈추는 사람이 없다.

오빠들이 중간중간 만들어 놓은 눈 방지턱은 눈썰매장의 꽃이다. 눈썰매에 가속도가 붙을 때쯤 만나게 되는 방지턱에 걸리면 "슈 우! 윙!" 하고 날아가 눈 속에 얼굴을 파묻기도 하고, 아니면 떡하니 버티고 있는 소나무에 '쿵' 하고 부딪혀 웃음을 자아내기도 한다. 그런가 하면 숨을 헐떡이며 힘들게 올라가 "아휴!" 하며 포대를 썰매 길에 턱하니 내려놓았는데 포대가 로켓이 발사한 것처럼 먼저 내려가 버리기도 한다. "어, 뭐야!" 하며 썰매를 잡아보려 하지만 야속한 포대는 이미 종착지에 도착해버렸다. 그래도 우리는 바지가 흠뻑 젖도록 썰매를 타고 또 탄다.

시간 가는 줄 모르고 눈썰매를 타고 오니 삼촌들이 철사를 꺼내 무언가 만들고 있다. 나는 그것이 산짐승을 잡기 위한 덫이라는 걸 금방 알아차렸다. 눈이 오면 삼촌과 친구들은 노루와 토끼를 잡아 별식을 만들어주곤 했다. 노루 요리는 먹어본 적이 없지만, 빨간 국물의 토끼탕은 닭볶음탕 맛이 났다.

삼촌은 철사로 만든 덫을 들고 산으로 간다. "형, 여기 토끼 발자국 있다." 하고 둘째 삼촌이 말하자 큰삼촌은 발자국 주변에 덫을 놓는다. 누구보다 토끼탕을 맛있게 먹는 나이지만 지금, 이 순간은 토끼 편이다. '귀엽고 깜찍한 토끼야! 꼭꼭 숨어라.'

눈이 녹고 며칠 날씨가 포근하다. "지선아, 우리 오늘 빨래하러 갈래?" 나는 나보다 두 살 어린 지선이와 빨래를 하기로 했다. 지선이에게 빨랫감을 챙겨서 나오라고 한 뒤 나도 집에 가서 대야에 빨랫감을 담는다. 겨울옷이라 몇 개 담지 않았는데도 대야 가득 빨랫감이 모였다. 빨랫비누와 방망이까지 챙긴 후 냇가 빨래터에 가자 지선이가 먼저 와 있었다. 지선이는 위로 오빠 하나, 아래로 여동생 둘이 있는 큰딸로 말수는 적지만 속이 깊은 아이였다.

우린 차디찬 물에 빨랫감을 적시고 빨랫비누가 범벅이 될 만큼 문질러 거품을 내보려 하지만 뜻대로 되지 않는다. 거품도 잘 안 나고 때도 지워지지 않자 이번엔 방망이를 들어 빨래를 두들긴다. 씩씩거리며 두들긴 보람이 있어서 빨래가 깨끗해진 것 같다.

차가운 물에 손을 계속 담가서 그런지 지선이 손도 내 손도 딱딱하게 굳어 버렸다. 손을 모아 입에 대고 호호 불며 "지선아, 얼른 가자." 한다. 올 때는 옆구리에 가볍게 끼고 왔던 대야가 무거워져서 집에 갈 때는 머리에 이어야 할 모양이다. "지선아, 언니가 올려줄게." 나는 지선이 머리 위에 대야를 먼저 올려주었다. 그리고 내 키 높이쯤 되는 바위 위에 대야를 올려놓고 몸을 굽혀 머리에 대야를 얹어놓았다. "언니, 고마워."라고 말하는 지선이 덕분에 머리에 얹은 대야가 마냥 가볍게 느껴진다.

생애 최초의 응급실행

사람들이 관계를 맺고 살아가는 곳이라면 사람 수가 많거나 적거나 상관없이 갈등이나 문제가 일어나기 마련이다. 그리고 그런 문제를 풀어나가는 방법은 단순하지 않다. 우리 동네도 예외는 아니었다. 사람들은 문제가 생길 때마다 해결 방법을 찾고 자문하기 위해 아빠를 찾아왔다. 금전 거래 문제, 농기구나 자재에 대한 문의, 영농 개선에 대한 의견 제출 등 온갖 일이 있었다. 우리 동네 사람뿐만 아니라 인근 동네 분들까지도 오셨다. 해가 뜨기도 전에 "성님, 계신기라?" 하고 찾아오고, 밤이 깊어 잠자리에 들 시간인데 "부안 양반 있는가?" 하며 아빠를 찾는 인기척이 있었다.

시도 때도 없는 방문에 불편하고 힘드실 법도 한데 엄마와 아빠는 항상 친절하고 정성스럽게 사람들을 맞이하셨다. 나는 그런 엄마와 아빠가 신기할 따름이었다. 그리고 사람들이 집으로 돌아갈 때면 아빠가 어떤 묘안을 제시하셨기에 편안한 얼굴로 바뀌게 되었는지 무척 궁금했다.

엄마 아빠에게 배워서인지 나도 대상에 상관없이 사람을 좋아했고, 도움 주는 일을 하고 싶어 했다. 누군가 우리 집에 오면 마냥 기분이 좋았고, 손님이 가신 뒤 아빠에게 "근디, 석진이 아버지는 어째 오셨대요?" 하며 이유를 묻곤 했다. 그럴 때면 아빠는 내용에 따라 어린 내가 상심하지 않도록 적절하게 대처해주셨다. 가끔은 아빠를 귀찮게 할 만큼 캐묻기식의 질문을 하기도 했다. 그럼 아빠는 일침을 가하셨다. "우리 선화는 궁금한 것도 많네. 너는 몰라도 되는 일인 게 고만 하그라." 아빠는 내게 적정선을 지키는 방법을 가르쳐주신 것이다. 나는 그런 아빠가 존경스럽고 위대해 보였다.

그날도 밤이 깊어가는데 "흠, 흠, 부안 양반 안에 있는가?" 아빠를 찾는 소리가 들린다. 목소리만 들어도 석진이 아빠인지 알겠다. "어이, 이 사람아, 이 밤에 어쩐 일인가? 들어오게나." 엄마는 석진이 아빠가 편안하게 이야기하실 수 있도록 술상을 준비하셨다. 석진이 아빠의 표정이 예사롭지 않게 보인다. 아빠 옆에 앉아 술상의 간식을 주워 먹으며 듣고 싶었지만, 그럴 만한 이야기가 아니라는 것을 감지한 나는 윗목에 멀찍이 떨어져 앉았다.

그러다 금세 졸음이 쏟아진 나는 벽에 기대고 앉아 꾸벅꾸벅 졸았다. 그리고 곧 나를 조심스럽게 눕혀주시는 따뜻한 엄마의 손길을 느낄 수 있었다. 그런데 석진이 아빠가 돌아가신 후 나를 흔들어 깨우는 엄마의 다급한 목소리가 아련하게 들려온다. "아가! 아가! 정신 차리그라. 야가 왜 이려?"

얼마의 시간이 흘렀을까? 나는 통증 때문에 깨어났다. 내가 "아야, 아야!" 할 때마다 "어휴, 가만있어! 움직이지 않게 꽉 좀 잡아주세요!" 하고 쏘아붙이는 목소리가 들렸다. 혈관에 겨우 수액을 꽂았나 했더니 청천벽력 같은 말이 들려온다. "척수에서 물 빼는 검사를 할 테니까 움직이지 않게 꽉 잡아주세요." 주사기를 들고 다가오는 의사와 눈이 마주친 나는 안간힘을 쓰며 주사기를 거부하기 위해 몸부림쳤다. 그러나 나를 꽉 붙잡는 아빠의 힘을 이기지 못했던 어린 나는 소리 내어 엉엉 울며 온몸을 땀으로 적셨다. 빨리 이 고통이 끝나기를 간절히 바랐지만, 시간은 멈춘 듯 더디게만 흘렀다.

뇌수막염이라고 했다. 의사 선생님은 일주일 병원에 입원해야 한다고 하셨는데, 병원 생활이 쉽지 않았다. 내 고약한 잠버릇 때문에 하룻밤을 안전하게 넘기지 못하고 링거 바늘이 빠졌고, 그 바람에 다시 링거를 꽂아야 했는데 그때마다 병실이 발칵 뒤집혔다. 나중엔 손이 퉁퉁 부어 혈관을 찾을 수 없게 되어 결국 링거를 발에 꽂았다.

그때 엄마의 마음고생이 오죽했을까? 간호사는 혀를 차며 온갖 짜증을 엄마에게 퍼부었다. 그런데도 엄마는 머리를 조아리며 간호사의 짜증을 고스란히 받아내었다. 인근에 옮길 만한 큰 병원도 없었을뿐더러 행여 내 치료에 소홀해질까 걱정이 앞섰기 때문이었다. 엄마는 매일 간호사 눈치 보랴, 내 비위 맞추랴, 신경을 썼다. 특히 내가 잠이 들면 엄마는 더욱 긴장해서 링거가 빠지지 않게 내 곁을 지켰다.

퇴원하는 날 퇴원 인사를 하니 병실 사람들이며 의사, 간호사 선생님까지 모두 내게 손뼉을 쳐주며 나의 퇴원을 축하해주었다. 엄마와 나는 짐을 챙겨 병원 버스에 올랐다. 버스가 막 로터리를 돌아 길게 뻗은 가로수 길로 들어서자 엄마는 "고생혔네. 우리 딸! 우리 다시는 여그 오지 말고 살자." 하고 말했다. 나는 비장한 표정으로 엄마의 눈을 바라보며 고개를 끄덕였다.

그런데 며칠 후 엄마가 병원에 가게 되셨다. 어금니가 부서져 통증이 이루 말할 수 없이 심하다고 하셨다. 병원에서는 신경성이라고 하며 치료와 함께 절대안정을 처방했다. 몸도 약한 분이 몇 날 며칠을 걱정과 긴장 속에서 제대로 먹지도 자지도 못했으니 당연한 일이었다. 그러나 치통으로 끙끙 앓으면서도 엄마는 나를 먼저 챙기셨다. 그런 엄마의 지고지순한 사랑은 평생 나를 살게 하는 원동력이 되어주었다.

서울! 서울! 서울!

시골의 1월과 2월은 농한기이다. 부모님은 나의 겨울 방학을 기다렸다가 방학을 하면 나를 데리고 서울에 사는 삼촌들을 보러 갔다.

농촌의 주 수입원은 농작물이지만 그에 못지않게 가계 수입에 이바지하는 것이 가축들이다. 집집마다 소, 돼지, 염소를 키워 새끼를 낸 후 그것을 팔아 수입을 만든다. 몇 차례 새끼를 낳은 어미들은 상품 가치가 떨어지기 전 적당한 시기에 팔아 목돈을 마련하기도 한다. 그러다 보니 농한기에도 쉬이 집을 비울 수 없어 어떨 때는 엄마와, 어떨 때는 아빠와 단둘이 서울에 다녀오곤 했다. 엄마, 아빠와 함께 셋이서 서울에 갈 때는 뭔가 특별한 일이 있는 날이다.

나와 엄마는 차만 타면 멀미를 하므로 차를 탈 때 검은 비닐봉지를 꼭 챙긴다. 비닐봉지에만 토하면 감사한 일이다. 어떤 날은 비닐봉지를 꺼낼 틈도 없이 옷이며 바닥에 먹은 것을 토해 낭패를 보기도 했다. 항상 내 뒤치다꺼리는 엄마의 몫이었다.

엄마와 나는 멀미에 효과가 있다는 방법을 총동원하여 사용해 보았다. 속이 비면 안 된다고 하여 밥을 조금만 먹어보기도 하고, 붙이는 멀미약 '키미테'를 붙여보기도 하고, 턱이 아프도록 오징어를 씹어보기도 하고, 땅콩을 물리게 먹어보기도 했지만 아무 소용이 없었다.

나는 차에서 나는 특유의 냄새가 비위에 거슬렸기 때문에 운행이 시작되면 1시간을 넘기지 못하고 여지없이 멀미를 했다. 서울까지 가는 데 걸리는 시간은 대략 3시간 30분이다. 그렇다고 하면 못해도 두 번은 멀미해야 서울에 도착한다는 계산이 나온다. 왜 이런 불길한 예감은 비껴가질 않는지 모르겠다. 내가 멀미를 하고 나면 다음은 엄마 차례다. 그리고 다시 내 차례다. 이러니 서울에 도착할 즈음이면 엄마와 나는 녹초가 된다. 그렇게 녹초가 되어도 저 멀리 '강남고속버스터미널'이라는 큰 글자가 보이면 나는 언제 그랬냐는 듯이 눈을 반짝이며 마중 나온 삼촌을 찾는다. 내가 "삼촌!" 하고 부르면 삼촌은 "선화 왔냐! 오느라 고생했다." 하며 내 어깨를 감싸고 토닥여주었다.

내가 서울에 간다고 하면 어떤 어르신은 이렇게 말씀하시기도 했다. "허허허, 촌년이 서울 구경하러 다 가고! 워메, 출세혔네, 출세혔어!" 우리 동네에서는 아직 서울을 갔다 온 친구가 한 명도 없었으니 그럴 만도 했다.

나는 삼촌 덕분에 처음으로 지하철을 타 보았다. 그리고 엄마와 나는 새로운 사실을 발견하게 되었다. 지하철에서는 멀미를 안 한다는 사실이었다. 지하철은 교통수단의 신세계였다.

삼촌은 처음 서울에 온 나에게 이것저것 소개해 주고 싶은 게 많았다. 지하철이 한강을 가로질러 달리자, "선화야, 이 강이 그 유명한 한강이다." 하고 알려준다.

"와아! 삼촌 한강 겁나게 넓네." 나는 감탄한다.

"저기 저 높은 빌딩 보이지? 저게 우리나라에서 가장 높다는 63빌딩이야."

텔레비전에서만 보던 63빌딩을 내 눈으로 직접 보게 되다니! 정말 출세한 거 같았다. 나는 내 시야에서 구릿빛 63빌딩이 사라지기 전에 이 빌딩이 정말 63층인지 세어보고 싶었다. 그런 내 마음을 알 리 없는 삼촌은 "그 옆에 똑같이 생긴 빌딩 두 개 보이지?" 하며 창밖을 가리킨다. "삼촌, 어디? 어디?" 하자 삼촌은 창문에 내 얼굴을 대고 뒤를 보며 "저기! 저기!" 한다. "아 저거!" 내가 쌍둥이 빌딩을 찾아내자 삼촌은 책임을 완수한 것처럼 편안한 얼굴을 해 보인다.

삼촌은 자기 집으로 가는 내내 나에게 서울에 관한 정보를 아낌없이 알려주었다. 삼촌 이야기를 듣는 것만으로 나는 서울이 엄청난 곳이란 걸 짐작할 수 있었다. 시선을 사로잡는 화려한 건물들, 지하철을 꽉 채운 사람들까지 내가 사는 동네와는 차원이 다르다. 그 안에 내가 있다니 꿈만 같다.

삼촌이 사는 집은 연탄을 사용하는 단칸방에 작은 부엌이 딸려 있었고, 부엌 옆에 겨우 세수만 할 수 있을 정도의 공간이 있었다. 화장실은 밖에 있었는데 볼일을 본 후 손잡이를 당기면 물이 내려가는 수세식이었다. 내가 보기엔 대단한 신식 집 같았고 모든 것이 새롭게만 느껴졌다. 그런데 엄마는 삼촌이 출근한 후 삼촌 몰래 깊은 한숨을 쉬며 눈물을 훔쳤다. 형편이 넉넉지 못하여 삼촌에게 이렇다 할 도움 주지 못하는 것을 내내 마음 아파하셨다. 어린 나의 눈에도 삼촌을 아끼는 엄마의 사랑이 고스란히 느껴졌다.

엄마는 삼촌이 퇴근해서 오면 함께 먹을 맛있는 저녁을 준비했다. 삼촌은 오랜만에 먹는 밥 같은 밥에 앉은 자리에서 두 그릇을 뚝딱 먹고, "역시 여기가 맛집입니다." 하며 큰 소리로 웃었다. 그 한마디에 엄마의 얼굴에도 행복이 깃들었다. 이름 있는 자동차 회사에 다니며 매사에 성실과 열정으로 최선을 다한 삼촌은 곧 넓은 집으로 이사를 하게 되었고, 회사에서 승진도 하며 서울살이를 멋지게 해나갔다.

Part 2

이상한 나라의 여자아이

이상한 가족

이상한 일들이 꼬리를 물다

나는 엄마의 껌딱지였다. 어쩌면 분리불안이 있었는지도 모르겠다. 내가 유독 엄마와 떨어지는 것을 힘들어하게 된 데는 특별한 계기가 있었다.

오일장이 서는 날이면 엄마는 버스비를 아끼기 위해 4킬로미터 떨어진 시장까지 걸어 다니셨다. 어린 나를 데리고 걷기엔 꽤 먼 거리인 데다 시장에서 엄마가 볼 일은 물건 하나 사 오는 일이었기에 나를 데리고 가면 시간이 너무 많이 걸렸다. 엄마는 빨리 볼일만 보고 올 생각으로 내가 소꿉놀이에 빠져 있는 틈을 타 강둑 지름길로 바삐 걸어가셨다.

엄마가 없는 걸 육감적으로 알아차린 나는 울며불며 엄마를 찾아 나섰다. "엄마, 엄마!" 하고 애타게 찾는 내 눈에 저 멀리 뛰어가는 엄마의 뒷모습이 보였다. 불러도 불러도 뒤돌아보지 않고 가는 엄마 모습에 나는 그만 자리에 주저앉아 서럽게 울었다. 나는 다시는 엄마를 볼 수 없을 것 같은 두려움에 사로잡혀 엄마가 올 때까지 그곳을 떠날 수 없었다. 그때부터였던 것 같다. 엄마의 껌딱지가 되어 엄마가 가는 곳이면 어디든지 따라나서게 된 게 말이다. 엄마는 그런 내가 귀찮을 법도 한데 내 기억 속에 엄마는 항상 나를 먼저 생각하고 얼굴 한 번 찌푸리신 적이 없었다.

그렇게 엄마만 최고로 알던 나는 자라면서 뭔가 이상하다는 것을 느끼게 되었다. 엄마는 있는데 아빠라고 부를 수 있는 사람이 없었다. 앞의 이야기에서 '아빠'가 등장하지만 사실 나는 그분을 아빠라고 부르지 않았다. 그분은 엄마 곁에서 항상 엄마와 동고동락하는 남자였는데, 나는 그분을 '하나 씨'(할아버지)라고 불렀다. 엄마의 짝이 할아버지라는 것이 이상하게 생각될 때도 있었지만, 어린 나에겐 엄마만 있으면 모든 것이 만족스러웠으므로 문제 될 것이 없었다. 하나 씨는 그저 우리 집을 받쳐주는 대들보 같은 존재였다.

그런데 내가 유치원에 갈 나이쯤 되니 아빠의 존재가 궁금해지기 시작했다. 어느 날 나는 엄마에게 "엄마, 아빠는 어디 있어?" 하고 물었더니 엄마는 "응, 저 멀리 외국에 돈 벌러 갔어." 라고 이야기해 주었다. 그때부터 나는 언젠가 아빠가 돈을 많이 벌어와 엄마와 나를 행복하게 해줄 거라는 기대감에 부풀어 아빠를 기다렸다. 아무도 묻지 않았건만 유치원 친구들에게 "우리 아빠는 외국에 돈 벌러 가셨어!"라고 스스럼없이 말했다. 엄마의 말을 굳게 믿었기 때문이었다. 참 바보스러울 만큼 순진했었다.

초등학교에 입학하고 얼마 되지 않았을 때 담임선생님이 종이 한 장을 나눠주시면서 집에 가서 작성해 오라고 하셨다. '가정조사표'였다. 종이엔 가족관계부터 생활 정도까지 그 집 상황을 훤히 들여다볼 수 있게 분류된 항목들이 빼곡히 쓰여 있었다. 나는 그 무렵에야 비로소 알아 차려가고 있었다. 엄마랑 같이 사는 사람은 엄마의 남편인데 나는 할아버지라고 부르고 있다는 것을. 그리고 엄마와 할아버지 슬하에는 아들이 넷이 있어서 족보상으로 그들을 오빠라고 불러야 맞는데 나는 그들을 모두 삼촌이라고 부르고 있다는 것을.

아무리 끼워 맞춰 보아도 이상한 족보였다. 나는 많은 의문점을 갖게 되었지만, 누구에게도 물어볼 수 없었다. 그나마 다행인 것은 할아버지가 '가정조사표'에 본인을 아버지로 적어주었다는 사실이다. 내가 학교를 졸업할 때까지 선생님들은 아무도 나의 가족관계가 이상하다는 것을 알지 못했다. 나는 아빠 이야기가 나오면 의도적으로 피하거나 대화 주제를 다른 쪽으로 돌리곤 했다.

어느 날 외가댁에서 외할머니가 소천하셨다는 연락이 왔다. 엄마는 어린 나를 데리고 멀미를 해가며 버스를 타고 부랴부랴 부안으로 갔다. 나는 처음 보는 낯선 상황이 마냥 신기해 어리둥절해졌다.

마당 전체에 멍석이 깔려 있었는데 어떤 사람들은 삼삼오오 모여 윷놀이를 하고 있었고, 어떤 사람들은 멍석 위에 앉아 음식을 먹고 있었다. 지붕에는 하얀 천이 둘려 있었고, 꽤 많은 사람이 하얀 삼베옷을 입고 머리엔 지푸라기로 만든 화관 같은 걸 쓰고 짚신을 신고 있었다. 엄마도 그런 복장을 했다. 나는 엄마의 모습이 낯설기도 하고 신기하기도 했다.

오가는 손님마다 엄마에게 위로를 전하고 갔다. 엄마는 흐트러짐 없이 손님들과 인사를 나누고 배웅하기를 계속했다. 그런데 손님 한 분이 엄마에게 와서 인사를 하며 "얘는 누구야?" 하고 물었다. 엄마가 "내 딸!"하고 말하자 그 손님은 "아! 그…" 하고 말끝을 흐렸고, 엄마는 다급하게 말을 돌렸다. 엄마가 당황하는 모습을 보자 나는 내가 뭔가를 잘못한 것처럼 느꼈다. 그래서 나도 모르게 딴청을 피웠다.

그것은 시작에 불과했다. 어디를 가든 누구를 만나든 사람들은 엄마에게 "누구야?"라고 물었고, 엄마는 힐끗힐끗 내 눈치를 보았다. 내가 알아차렸다는 것을 엄마가 알면 난처해할까 봐 나는 못 본 척, 못 들은 척 연기를 했다.

그날 이후 내 마음속에서는 수많은 질문이 꼬리에 꼬리를 물고 일어났다. '나는 누구일까? 나의 엄마는 누구이고, 아빠는 어디 있을까? 내가 '광산 김씨' 피를 가지고 태어나긴 한 걸까? 텔레비전 드라마에 나오는 것처럼 엄마는 나를 낳자마자 이 집에 버리고 떠난 게 아닐까? 그렇다면 왜 하필 이 집을 선택했을까? 지금 엄마가 사랑이 많은 사람이니까 나를 잘 키워줄 거라 생각했을까? 그럼 나를 낳아준 엄마는 지금 엄마를 알고 있는 사람일까?'

이런 생각들이 나를 괴롭혔지만, 물어볼 만한 사람도 답을 주는 사람도 없어 답답하기만 했다.

그런데도 그 후로 내가 여전히 평범한 생활을 할 수 있었던 것은 지금 나를 길러주시는 엄마와 할아버지가 좋은 분이라는 믿음과 한결같은 엄마의 사랑, 그리고 어떤 상황에서도 나를 지켜주는 할아버지 덕분이었다.

가장의 고뇌

할아버지는 굉장히 가정적인 분이셨다. 아침잠이 많은 엄마를 위해 매일 아침 손수 밥을 지으시고 반찬을 만들어 아침상을 차려주셨고, 고된 일을 마친 후에도 밀가루를 반죽하여 가마솥에 칼국수를 끓여 주시기도 했다. 칼국수를 만드는 날에는 푸짐

하게 끓여서 이웃집과 함께 나눠 먹었다. 몸이 약한 엄마를 위해 염소와 개를 키워 보약을 손수 지어주시는가 하면, 엄마가 조금이라도 안색이 좋지 않으면 자전거를 타고 4킬로미터 밖에 있는 읍내약국에 단숨에 다녀오시기도 하셨다. 할아버지는 이렇듯 사랑꾼이자 슈퍼맨이었다.

내게도 할아버지는 크고 위대한 산 같은 분이었다. 시간이 날 때마다 신문을 보셨고, 한자가 빼곡히 적힌 책을 읽고 필사하셨다. 할아버지가 쓰신 글의 필체를 보고 나는 감탄하지 않을 수 없었다. 그뿐만 아니라 할아버지는 내게 공부보다 중요한 게 사람됨이고 예의범절을 잘 지키는 것이라고 가르치셨다. 누가 봐도 인품이 반듯하신 할아버지이셨기에 사람들이 할아버지를 찾아와 자문했던 것 같다.

어느 날인가부터 그런 할아버지에게 변화가 생겼다. 그때 내 나이는 일곱 살에서 아홉 살 사이였다. 우연히 할아버지와 엄마가 마당에서 심각한 이야기를 하는 장면을 보게 되었다. 무슨 일인지 엄마의 얼굴엔 근심이 가득했다. 두 분이 이야기하는 도중에 할아버지는 걸려 온 전화를 받았고, 통화가 끝난 후 할아버지는 엄마와 다시 대화를 이어갔다. 두 분의 표정이 점점 더 심각해지고 있다는 것밖에 다른 것은 알 수 없었지만 '변호사'라는 단어는 또렷이 들렸다. 그 당시 나는 변호사에 대해 아는 게 없었지만, 그 단어에서 느껴지는 어감은 별로 좋지 않았다.

그즈음부터 할아버지는 술을 많이 드시기 시작했고, 이삼일에 한 번씩 만취 상태가 되었다. 엄마는 그런 할아버지에게 "술 좀 어지간히 드쇼!" 하고 핀잔을 주었다. 엄마의 핀잔이 한 마디로 끝나면 좋았으련만 "에그, 내가 못 살아, 못 살아!" 하는 말을 덧붙이셨다. 그 말에 할아버지는 폭풍 같은 화를 쏟아내셨다. "누구는 이러고 싶어 이러고 사냐! 당신은 나 없으면 잘 살겄구나!" 하신다. 나는 엄마 옆으로 가서 엄마 입을 막는다. 그간의 경험으로 보았을 때 여기서 엄마가 참으면 싸움은 끝나지만, 엄마가 한 마디 더하면 전쟁이 시작된다. '엄마 제발, 엄마 제발, 그만 해요!' 내 염원이 엄마에게 전달될 새도 없이 엄마는 내 손을 뿌리치며, "그려요. 어떻게든 돈 벌 생각을 해야지, 하고많은 날 술만 마시면 무슨 수가 생기냐고요." 하며 쏘아붙인다. 그러자 할아버지는 "이놈의 집구석, 살아서 뭐 해!" 하시며 무슨 물건이든 손에 잡히는 대로 던진다.

종일 힘들게 일하고 허리도 제대로 못 펼 만큼 고단해 보이는데 싸울 힘은 어디서 솟아나는지 알 길이 없다. 나는 얼른 엄마를 대문 밖으로 밀어내며 "엄마, 제발, 제발, 조용! 엄마, 엄마!" 하고 애원한다. 엄마는 "어이구, 내 팔자야. 이게 뭐 하는 것인지 모르겠다. 사람이 뭔 잘못이 있겄어. 그놈의 술이 웬수지. 내가 우리 선화 땜시 참는다. 참어!" 하고 내 손을 잡고 집 밖으로 나온다. 담장 너머까지 고래고래 소리를 지르는 할아버지의 목소리가 들린다. 엄마와 나는 담장 아래에 앉아서 할아버지가 잠들 때까지 기다렸다가 조용히 들어간다.

그런데 할아버지와 엄마 머릿속에는 지우개가 있는 것 같다. 전날 밤 오만가지 나쁜 일이 있었다고 해도 아침이면 사이좋은 부부가 된다. 어제의 나쁜 감정은 찾아볼 수가 없고 유쾌한 엄마의 웃음소리가 집안을 환하게 밝혔다. 나는 그 웃음의 최고 수혜자로 활기차게 하루를 시작한다.

그렇게 며칠 평온한 날들이 이어졌다. 그런데 어느 날은 어둠이 깔렸는데도 할아버지가 집에 들어오시지 않았다. 엄마는 "이 양반이 왜 이렇게 늦어?" 하며 대문 밖을 두리번두리번 살펴보았다. 아무런 인기척이 들리지 않자 "어디서 뭐 헌다고 늦는지, 참말로!" 하며 야속한 마음을 쏟아냈다. 한참 후 "여봐! 여봐!" 동네가 떠나갈 듯 소리를 지르며 할아버지가 들어오셨다. 엄마는 "그놈의 원수 같은 술! 또 술 먹느라고 늦었다요?" 한다. 할아버지는 "응, 너 말 잘했다. 내가 웬수 같냐?" 하시며 말꼬리를 잡는다. 엄마는 "저 봐, 저 봐, 또 저렇게 말 같지도 않은 소리 한다니까!" 하며 비꼬듯 말하자, 할아버지는 "너 이년, 그 말하는 모양새 한번 좋다!"라며 억지소리를 하셨다.

나는 또다시 발을 동동 구르며 엄마를 가로막았다. 그런데 이번엔 엄마도 화가 단단히 나셨나 보다. 엄마 눈에 내가 보이지 않는 것 같았다. 아무리 엄마를 잡아당기고 가로막아도 소용이 없었다. 할아버지는 엄마가 한 마디 할 때마다 더 크게 소리를 질렀다. “그려! 내가 죽으면 다 해결되는 거여! 나 죽으면 사망 보험금 타서 빚도 다 갚고 잘 먹고 잘 살어라. 에이, 더러운 세상 같으니라고!” 하며 농기구 함으로 가시더니 낫을 꺼내 드셨다. 갑작스러운 할아버지의 행동에 놀란 엄마는 “이 양반이 이제 미쳤구먼. 미쳐도 아주 보통 미친 게 아녀! 죽기는 누가 죽어? 그려, 나 먼저 죽여!” 하고 울면서 할아버지에게 달려들었다. 할아버지는 “이런다고 내가 못 죽을 것 같냐? 너 나 잘못 봤다. 웬수 같은 돈 걱정 안 하게 내가 죽어주면 되는 거 아니냐!” 하고 낫을 휘둘렀다. 엄마는 소리를 지르며 할아버지를 말렸지만, 할아버지는 오히려 더 역정을 내었다.

심상치 않은 사태에 나는 은실이 언니 집으로 부리나케 뛰어갔다. “아저씨! 우리 집 싸움 났어요. 언능 말려주세요. 예? 이러다 우리 엄마 죽겠어요.” 하며 아저씨의 손을 잡아끌었다. 아저씨는 우리 집으로 곧장 달려와 “아따 성님, 이것이 다 뭣이다요?” 하며 할아버지 손에 들린 낫을 빼앗았다. 아저씨가 “성님! 성님답지 않게 우째 그라요? 큰아들 땜시 그라요?” 하자 “성곤아, 내가 그놈만 생각하면 맨정신으로 살 수가 없다. 어쩌다가 교통사고를 내서 집을 이 지경으로 만들었나 원망하다가도 차디찬 감방에 있을 그 녀석 생각하면 가슴이 미어진다. 이번에 변호사를 선임해서 재판하기로 했는데 돈이 한두 푼 드는 게 아니구먼. 합의금은 산 팔아서 어찌어찌 마련했는데 산 넘어 산이다." 하시며 눈물을 훔치셨다. 엄마도 마당에 털썩 주저앉아 목 놓아 우셨고, 나는 그런 엄마가 가엾고 또 가여워 엄마 손을 꼭 붙잡고 엉엉 울었다.

누구도 내게 집안의 어려움을 자세히 이야기해 주지 않았지만, 돌아가는 상황과 집안 형편을 보면 우리가 경제적으로 몹시 어렵다는 것을 알 수 있었다. 할아버지는 매일 같이 해결책을 찾고자 사방팔방으로 뛰어다니셨고, 그런 할아버지를 보며 사람들은 "하여튼 자식 사랑, 마누라 사랑이 끔찍하다니까." 하고 말하였다.

어느 날 학교에서 돌아왔는데 할아버지 얼굴에 웃음이 가득하다. 엄마가 "어떻게, 잘 됐어요?" 하고 묻자 "응, 합의가 잘 돼서 곧 출소할 수 있을 것 같어." 하신다. 그러자 엄마 얼굴에도 웃음꽃이 핀다. "하늘은 스스로 돕는 자를 돕는다."라는 말처럼 할아버지가 백방으로 뛰며 수고하신 덕에 우리 집은 가훈처럼 다시 '화목한 가정'이 되었다. 비록 빚이라는 불청객 때문에 할아버지가 일궈 놓은 논과 산은 사라졌지만, 할아버지의 웃음을 보니 그까짓 것 별일 아닌 것 같았다. 우리 집은 할아버지와 엄마 덕분에 '화목한 가정'에 한 걸음 더 가까워졌다.

위험한 초대

나이를 한 살 한 살 먹을수록 현실을 보는 내 눈도 자라기 시작했다. 우리 집 족보 문제는 마음속 깊은 곳에 묻어두고 싶었지만, 학년이 바뀔 때마다 배부되는 가정조사표는 진실을 더는 외면하지 못하게 했다.

나는 엄마와 아빠가 누구인지 궁금하면서도 진실을 마주할 자신이 없었다. 할아버지와 엄마가 지금껏 나를 기르며 쏟은 사랑과 정성, 거기에 어딘지 모르게 닮은 외모를 보면 내가 '광산 김씨' 혈육인 것 같긴 했다. 가정조사표는 이런 나의 추측을 시험하는 시험대였다. 가정조사표를 쓰는 중에 누군가의 입에서 "너는 버려진 아이였어."라는 말이 튀어나올까 봐 두려웠다. 그러나 그럴수록 나는 더 천진난만한 얼굴로 할아버지 앞에 간다. 아무것도 궁금하지 않은 척 가면을 쓰고.

할아버지는 아무것도 의심하지 않는 것처럼 보이는 나를 전혀 신경 쓰지 않았다. 나는 순수한 호기심이 발동한 것처럼 "할아버지! 여기 파(派)를 쓰라고 하는데 파가 뭐예요?" 하고 물었다. 할아버지는 자랑스럽게 대답하셨다. "모든 성씨에는 시조(始祖)가 있어. 그런데 처음에 한 분에서 시작했던 것이 천여 년을 지나면 숫자가 어찌 되겠냐? 그라지. 수십만에서 수백만으로 어마어마하게 늘어나게 되겠지. 그러면 같은 성씨라도 그 집안의 선대로부터 내려오는 가계도 찾기가 쉽지 않게 될 거 아니냐. 그래서 자기 조상 중에 깊은 학문이나 높은 관직을 지낸 선조를 '파'의 시조로 해서 가계도를 쉽게 찾을 수 있도록 한 것이란다. 보통 '파'의 이름은 임금으로부터 하사받은 시호나 관직명을 썼단다. 선화 너는 착할 선(善) 돌림자를 쓰는 양간공파 40세 손이여. 뼈대 있는 가문의 자손이지." 하고 힘주어 말씀하셨다. 나는 '그래, 이 정도면 이 집안의 혈육이 확실해.' 하며 안심하면서도 마음 한구석에는 '설마 할아버지도 나처럼 연극을 하는 건 아니겠지?' 하는 불안이 남아 있었다.

가족 중 누구도 속 시원하게 가족관계에 대해 말해 준 사람이 없었지만 나는 어떤 사람이 물어도 눈 하나 깜짝 않고 우리 가족은 아빠, 엄마, 오빠 네 명이라고 태연하게 말했다. 속으로는 그 사람이 베일에 싸인 우리 집안의 가족관계를 알게 되면 어쩌나 하고 가슴 졸이면서 말이다.

그러던 어느 날부터 친구들 사이에서는 방과 후에 서로의 집을 돌아다니며 음식을 먹고 놀이하는 게 유행이 되었다. 돌아가면서 아이들의 집을 순례하다 보니 자연스럽게 내 차례가 됐다.

나는 "얘들아, 내일 우리 집에서 놀래?" 하자 친구들은 좋다고 했다. 한 친구가 "근데 선화야, 너는 누구누구랑 살아?" 하고 물었다. 나는 "응, 엄마랑 아빠랑." 하고 대답하자 "야, 그럼 너 외동딸이야?" 하고 묻는다. 나는 "아니, 오빠 넷이 있는데 모두 나하고 나이 차이가 많이 나서 서울에서 살아." 하고 말했다. 친구들은 동시에 "와아! 오빠가 네 명이야? 정말 부럽다, 완전 공주님이네!" 한다. 사정을 모르는 친구들은 내가 부러운가 보다. 나는 평범한 삶을 사는 그들이 너무 부러운데 말이다.

상황에 떠밀려 친구들을 초대하긴 했지만, 걱정이 태산이었다. 엄마가 아이들 앞에서 할아버지라는 호칭을 쓰는 순간 우리 집 족보가 들통나는 건 시간문제였다. 나는 이렇게 위험한 초대를 한 것을 후회했지만 되돌리기엔 이미 늦었다.

친구들은 해맑게 인사를 했고, 할아버지와 엄마도 친구들을 친절하게 맞이해주었다. 친구들은 신이 나서 노는데 나는 친구들이 무슨 말을 하고 어디를 가는지에 촉각을 곤두세우고 있었다.

그런데 갑자기 소진이가 할아버지 옆으로 가더니 "뭐 하세요?" 한다. 그것을 본 나는 득달같이 소진이 옆으로 뛰어갔다. 할아버지는 "출출하지? 옥수수 맛있게 삶아 줄 테니 조금만 기다려." 하신다. 그 말에 소진이는 옥수수를 먹게 되었다며 좋아한다. 소진이가 계속 할아버지 옆에 있는 것이 불안해진 나는 "소진아, 저기 경서 뭐 하는데?" 하고 소진이 등을 떠민다.

이렇게 나는 친구들과 엄마, 할아버지 사이에 보호벽을 치고 그들이 최대한 접촉하지 못하게 하려고 갖은 애를 썼다. 덕분에 친구들은 아무도 내 가족관계가 이상하다는 것을 눈치채지 못했고, 오후 시간은 즐겁게 흘러갔다.

친구들과 헤어진 후 나는 한동안 내가 왜 이런 위험한 초대를 했는지 자문해 보았다. 실제로는 존재하지 않는 평범한 가족을 내 마음속에서만은 갖고 싶었던 것이었을까? '내 가족은 아빠와 엄마, 그리고 오빠 네 명'이라고 선언하면 위안이 될 것 같아서였을까? 친구들에게 그렇게 말하면서 우리 집을 보여주는 것은 나만의 가족 인증 절차였을까?

나도 너희들처럼 번듯한 가족이 있다. 호칭만 다를 뿐 그 누구보다 나를 아껴주고 사랑해 주고 보호해 주는 보호자가 있다고 과시하고 싶었던 것 같다. 그런데 그러면 그럴수록 내 마음엔 커다란 구멍이 생기는 것 같았다. 이런 내 마음을 어떻게 하면 좋을까?

끝없는 반항

어느 날엔가 우연히 할아버지가 면사무소에서 떼 온 주민등록등본을 보게 되었다. 더 어렸을 때는 주민등록등본이 무엇인지 관심도 없있지만, 출생에 대한 궁금증이 생기기 시작하면서부터 나는 내 신분을 증명해 줄 만한 것을 찾고 있었다. 엄마와 할아버지가 알면 속상해하실 것 같아 두 분이 눈치채지 못하는 선에서 필요한 정보를 찾아내고 싶었다. 그런데 그 증거물이 내 눈앞에 있었다.

순간 나도 모르게 주위를 살핀 후 종이를 펼쳐보았다. 부(父)라고 쓰인 난에는 할아버지 이름이, 모(母)라고 쓰인 난에는 엄마 이름이 적혀 있고, 자(子)라고 쓰인 난에는 삼촌 네 명의 이름이

적혀 있었다. 그리고 삼촌들 이름 아래에 내 이름 세 글자가 적혀 있었다. 항상 추측하고 있던 일들이 사실로 드러난 순간 오만가지 감정이 들끓었다.

'이럴 거면 엄마, 아빠, 오빠라고 부르게 하지, 왜 그렇게 이상한 호칭을 쓰게 했지? 누굴 바보로 아나?' 하는 생각이 들었다. 삼촌들은 엄마와 할아버지를 어머니, 아버지라고 부르니까 그들은 두 분의 자녀가 분명했다. 하지만 현실에서 나는 삼촌들의 동생이 아니었다. 그럼 나는 누구란 말인가? 차라리 두 분을 할머니와 할아버지로 부르게 하고 엄마와 아빠는 외국에 돈 벌러 갔다고 했으면 좋았을 것이다. 그랬다면 내가 혼란스러워할 일도, 눈치 보며 노심초사할 일도 없을 텐데 말이다. 애초부터 할아버지 할머니 마음속엔 내 생각이나 입장 따윈 안중에도 없었다는 생각이 들자 두 분이 너무 야속하여 주르륵 눈물이 흘렀다. 야속한 마음은 사춘기를 맞이하면서 원망과 분노로 바뀌어 갔다.

내 반항에 불을 붙인 사건이 기억난다. 내게는 깨복쟁이 친구가 둘 있었다. 나보다 겨우 한 달 먼저 태어났는데 연도가 달라 한 살을 더 먹은 경자, 두 살 많은 은실 언니, 그리고 나인데 우리 세 사람은 자신을 자칭 '삼총사'라 불렀다. 경자가 다르타냥, 은실 언니가 아토스, 내가 아라미스였다. 우리는 만나기만 하면 삼총사 만화의 크로스 장면을 재연하듯 한 손을 가운데로 모았다가 모은 손을 위로 번쩍 들며, "하나는 모두를 위하여, 모두는 하나를 위하여!" 외치며 의리와 결속력을 다지곤 했다.

이런 우리들의 우정을 깰 작정인지 엄마는 나를 수시로 경자와 비교했다. 내가 친구에게 놀림을 받아 속상해할 때면 엄마는, "경자 좀 봐라. 놀리는 녀석은 바로 발로 걷어차 버리잖아. 저것은 순해 빠져서 당하기나 하고. 왈가닥 경자 같아야 아무도 얕잡아보지 않지." 했다. "경자처럼 해라. 경자처럼 해라." 하는 말로 내 귀에 인이 박일 지경이었다. 나는 경자가 아닌데 왜 경자처럼 하라고 하는지 화가 치밀었지만, 꾹 참았다. 그런데 6학년이 되자 더는 화를 참을 수가 없었다.

그날도 친구와 말다툼을 하고 속상한 마음으로 집에 들어서는데, "엄마가 경자처럼 하라고 했냐, 안 했냐?" 하는 말이 들린다. 이번에는 나도 그냥 넘어갈 수 없어서, "그럼 엄마는 경자 엄마처럼 해줬어? 엄마도 경자 엄마처럼 해주고 말해!" 했다. 내 말에 엄마는 "썩을 년…" 하며 말끝을 흐렸는데, 나는 그 말에 폭발하고 말았다.

"내가 경자가 아닌데 왜 자꾸 경자처럼 하라고 해? 그럼 엄마가 경자랑 살아! 잘됐네. 나도 엄마랑 살기 싫었는데. 나는 엄마 같은 사람 말고 경자 엄마 같은 사람하고 살 테니 엄마는 엄마가 예뻐하는 경자랑 살아봐. 어디 얼마나 잘 사는지 보고 싶네." 하고 퍼붓고는 자리를 박차고 일어났다. 엄마는 내 뒤통수에 대고 "어구, 저년 말하는 것 좀 봐! 너 이년, 나중에 꼭 너 같은 딸 낳아서 키워봐라! 그래야 내 속 알지!" 하고 고함을 쳤다.

본격적인 사춘기가 찾아온 것이었다. 그 무렵엔 엄마가 하는 말이 하나같이 걸림돌이 되고 상처로 남았다. 요즘이야 결혼도 출산도 늦어져서 아이들이 나이 든 엄마를 갖는 것이 대수롭지 않은 일이지만, 당시 나는 내 또래 친구들의 엄마에 비하면 할머니 같은 나의 엄마가 창피했다. 남이 보지 못하는 곳에 숨고만 싶었고, 노인 같은 엄마가 나에게 무엇을 가르쳐줄 수 있을지 의구심이 들었다.

사춘기는 내 몸에도 변화를 일으켰다. 한두 달 전부터 가슴이 찌릿찌릿하더니 멍울이 잡히기 시작했다. 가슴이 부푸는 것은 수치스러운 일이고 감춰야 하는 비밀이라 생각하고 있던 나는 내 몸의 변화를 받아들이기 힘들었다.

어느 날 엄마와 텔레비전을 보는데 작은 부족국가의 여성이 가슴을 드러내고 춤을 추는 장면이 나왔었다. 그 장면을 본 엄마는 "어이구, 젖통이 제게 뭐야? 부끄럽지도 않나 봐. 털레털레 왜 저러고 있어?" 했었다. 이렇게 엄마가 무심코 했던 말들까지 떠올라 생각의 갈피를 잡을 수 없었다.

문득 옛날 사람들은 가슴이 나오면 더 못 나오게 하려고 옷을 꽉 동여맸다던 엄마의 이야기가 생각났다. 그래서 나는 급한 대로 집에 있는 붕대를 얇게 펴 가슴을 꽉꽉 눌러 가며 친친 동여

맸다. 그러자 봉긋 튀어나왔던 가슴이 거짓말처럼 편편해졌고, 내 마음도 평온해졌다. 그러나 곧 붕대가 가슴을 압박해 숨이 잘 쉬어지지 않았다. 하필 여름이라 땀도 차서 끈적끈적했다. 나는 하루에도 몇 번씩 붕대를 감았다 풀었다 하기를 반복했다.

이런 내 몸의 변화를 감지한 엄마는 "남자는 거들떠보지 마라. 남자라는 동물은 절대 믿을 것이 못 되는 것이여." 하는 말을 지겹도록 반복했다. 나는 "아유, 또 그 소리! 아니 내가 지금 그럴 나이냐고?" 하고 톡 쏘아붙이면, "엄마는 살아봐서 아는 거여. 애당초 조심혀서 나쁠 것 한 개도 없어. 뭣을 알아야지." 하며 혀를 끌끌 찼다.

나는 엄마에게 등을 돌리며 "개뿔! 아는 것 아무것도 없으면서! 가르치긴 누굴 가르쳐. 저나 잘하지." 한다. 한 번 올라온 화가 쉬이 누그러지지 않았던 나는 "아따, 그렇게 잘 아는 양반이 나를 이 모양 이 꼴로 만들어 놨어? 머리가 있는 사람이면 금방 알아차릴 호칭을 만들어 놓고 누굴 가르치는데? 기가 막혀서!" 하고 멀찌감치 떨어져 구시렁댔다. 엄마는 엄마대로 속이 상해서, "저년이 왜 저려? 세상 착한 줄 알았드만. 내 말이면 끔뻑하던 것이 왜 저렇게 변해서 날이면 날마다 내 속을 뒤집어 놓는디야? 내가 저년 때문에 못 살겠네." 했다. 이렇게 엄마와 나는 매일같이 전쟁을 치렀다.

엄마는 내가 변했다고 했지만 나는 내 마음을 몰라주고 알려고도 하지 않는 엄마가 밉고 서운해 바락바락 대들었다. 머리로는 엄마에게 그렇게 하면 안 된다는 걸 잘 알기에 돌아서며 후회했지만, 후회는 잠시뿐 끓어오르는 분노를 주체할 수 없었다.

엄마만 최고로 알며 알콩달콩 지내던 시절은 온데간데없어지고 하늘에서 청개구리 한 마리가 뚝 떨어진 것 같았다. 엄마가 하는 말마다 시비를 걸고 싶었고, 엄마가 하는 행동은 하나 같이 마음에 들지 않아 엄마와 반대로 하고 싶었다. 엄마 또한 하루에도 몇 번씩 속을 뒤집어 놓는 나에게 욕을 해가며 폭풍같이 화를 퍼부었다가 회유했다가를 반복했다.

지금 생각해 보니 내가 태어났을 때 엄마 나이가 마흔셋이었다. 내가 초등학교 6학년 때 엄마는 오십 대 중반이었다. 어쩌면 엄마의 갱년기와 나의 사춘기가 팽팽하게 맞대결했는지도 모르겠다. 그렇게 생각하니 못나게 굴었던 지난날이 더 후회스럽고, 엄마가 얼마나 힘들었을까 하는 마음에 눈물이 흐른다.

거부하고 싶은 현실

툇마루에 가만히 앉아 하늘을 본다. 내가 처한 현실을 거부해 보지만 거부한다고 달라지는 건 아무것도 없다. 난 왜 이렇게 태어났을까? 많은 사람 중에 왜 하필 나일까? 나는 정말 누구일까? 나는 누구를 닮았을까? 뿌리를 찾아 내려가 보지만 보이지도 잡히지도 않는 것이 마치 정처 없이 흘러가는 저 구름 같다. 오늘따라 구름이 마냥 처량해 보이고 내 모습도 애잔해 보인다.

나는 어릴 적부터 교회에 다녔기에 목사님께서 해주신 말씀을 굳게 믿었다. 목사님은 육신의 부모도 있지만, 영혼의 아버지도 있다고 하셨다. 그분은 나만의 하나님, 나만의 아버지가 되어주신다고 했다. 오직 나 하나만을 위한 아버지, 누구의 눈치도 보지 않고 마음껏 아버지라 부를 수 있는 존재가 있다는 말씀에 나는 말할 수 없는 힘과 위로를 얻었다.

그래서 나는 자주 하늘을 바라보며 이야기했다. "하늘 아빠! 내 목소리 들리시죠? 하늘 아빠가 진짜 내 아빠죠? 땅에서는 아빠라고 부를 수 있는 사람이 없어도 내게는 하늘 아빠가 있으니 괜찮아요. 하늘 아빠는 항상 나를 보고 있고 나를 지켜주시잖아요."

어느 날은 그렇게 말하는데 갑자기 서러움이 북받쳤다. 나는 "하나님, 정말 죄송해요. 근데 나 아빠가 너무 보고 싶어요. 아빠가 누군지 궁금하고 아빠라고 너무너무 불러보고 싶어요. 그럼 안 되는 거죠? 생각하지도, 찾지도, 궁금해하지도 말아야 하는 거죠? 내가 이럴수록 우리 엄마와 할아버지가 힘들어지는 거죠?" 가슴 깊은 곳에서부터 쓰나미처럼 그리움이 밀려왔다. "나 어떡해요? 나 이러면 안 되는 거잖아요? 보고 싶어 해도, 만나고 싶어 해도, 부르고 싶어 해도 안 되는 거잖아요? 하나님 아버지, 제발 내 마음 좀 어떻게 해주세요! 차라리 아무 생각도 나지 않게 나를 바보로 만들어주세요. 나 너무 마음이 아파요." 하고 또 절규했다.

늘 그랬다. 처음엔 아빠라는 이름을 불러보고 싶은 마음으로 시작하지만, 날 버린 부모에 대한 그리움을 거쳐 현재의 부모님에 대한 원망으로 이어졌다가, 결국엔 원망하는 나에 대한 미움과 부모님에 대한 미안함으로 일단락되었다.

어느 날 광주에 사는 작은할아버지 내외가 오셨다. 작은할머니는 올곧은 성격으로 외모와 말투에서 카리스마가 느껴지는 분이다. 그래서 나는 작은할머니와 함께 있는 시간이 어렵고 불편했다. 작은할머니 앞에서 실수하지 않으려고 긴장하다 보니 행동이 경직될 때도 많았다.

나는 얼른 두 분께 인사하고 조용히 앉아 숙제를 했다. 잠시 후 "선화야, 저 마당에 고구마 순 뜯어 놓은 것 좀 가지고 오니라." 하는 엄마 목소리가 들린다. 나는 "예!" 하고 대답한 후 고구마 순을 한 아름 안아 엄마와 작은할머니 앞에 옮겨 놓았다. 고구마 순으로 어떤 요리를 하려는지 마당에 고구마 순이 산더미처럼 쌓여 있다. 한 번 옮기고 두 번 옮기고 세 번째로 고구마 순을 옮기는데 작은할머니가 엄마에게 하는 말이 들렸다.

작은할머니는 큰 소리로 "근데 형님! 선화 많이 컸네." 하더니 엄마에게 몸을 바짝 붙이고 속삭이는 소리로 "선화는 승찬이가

지 아빤 거 알아요?" 했다. 내가 들어온 것을 뒤늦게 눈치챈 작은할머니는 엄마에게 눈을 찡긋하며, "아이고, 올해 고구마 순이 아주 좋네요. 김치 담으면 아삭아삭하니 맛있겠어요." 하시더니 "선화야, 니가 살림꾼이다. 니가 할머니, 할아버지 잘 도와드려야 해." 하신다. 나는 아무것도 못 들은 척 "네!" 하고 웃으며 대답했다.

나는 고구마 순을 가지러 다시 마당으로 나왔다. 나는 내가 들은 이야기가 무엇을 의미하는지, 내가 정말 제대로 들은 것인지 되짚어 보았다. 그러고 보니 작은할머니는 항상 내 앞에서 엄마를 할머니라고 불렀다. 작은할머니 말씀대로라면 첫째 삼촌이 나를 낳아준 친아빠라는 말이었다. '그런데 왜? 왜 삼촌이 내 아빠인 거야? 그럼 엄마는 누구지?' 뭐가 어떻게 된 일인지 머릿속이 뒤죽박죽이었다. 그러나 엉킨 실타래를 풀 수 있는 첫 번째 실마리를 찾은 것 같았다.

인생의 한 획을 긋다

작은할머니가 다녀가신 후 내 마음은 매일 같이 요동쳤다. 하루에 열두 번씩 감정의 기복이 일어나는 건 다반사였고, 한 번씩 무기력감이 찾아오면 며칠이 지나도록 방 청소는 거들떠보지도 않았다. 이해할 수 없는 내 행동에 엄마는 혀를 끌끌 찼다.

"어릴 때는 뭐든지 지가 하겠다고 내 손 하나 까딱 못 하게 해서 아주 깨끗하게 하고 살 줄 알았드만, 방구석 꼬락서니 하고는! 돼지우리가 따로 없네. 왜 저러나 몰라. 다른 아그들 다 그런다고 들었어도 나는 우리 선화만큼은 안 그럴 거라고 장담했는디. 암만 변한다 해도 어떻게 저렇게 변했는지 참말로 모르겠네."

나와 엄마 사이에 생긴 틈은 골짜기처럼 깊어지고 있었다. 나는 휘몰아치는 폭풍 속에 홀로 서 있는 것 같았다. 혼자라는 생각은 외로움과 자기연민 속으로 나를 몰아넣었고, 모든 걸 이렇게 만든 장본인인 엄마와 할아버지에 대한 원망이 커져만 갔다. 나는 나쁜 아이가 되기로 작정하고 볼멘소리를 해댔다.

"이게 말이 돼? 말이 되냐고? 나를 호적에 자식으로 올릴 거면 엄마, 아빠, 오빠라고 부르게 했어야지. 비밀을 지키고 싶었으면 최소한 기본 환경은 만들어주든가! 너무 하는 거 아니냐고? 내가 뭘 잘못했길래 나를 이렇게 비참하게 만드냐고!" 혼자 이렇게라도 하지 않으면 나를 정말 불쌍한 아이로 낙인찍는 것 같아 더 발악했다.

한바탕 울고 나면 기운이 쭉 빠진다. 방문을 열고 넋 나간 사람처럼 누워 하늘을 올려다보는데 상여 나가는 소리가 들린다.

"이제 가면 언제 오나, 어이~ 어이~ 어이~ 어이~ 한 번 가면 못 올 인생, 어이~ 어이~ 어이~ 어이~"

순간 나는 자리에서 벌떡 일어나 상여가 지나가는 둑을 바라보고 섰다. 많은 사람이 꽃상여를 따라가며 돌아가신 분의 마지막 길을 배웅하는 모습을 멍하니 보고 있는데 어디선가 소리가 들리는 것 같았다.

'야, 너처럼 살아서 뭐 할래? 이렇게 사느니 차라리 죽는 게 낫지 않겠어? 이렇게 살아서 뭐 해?'

그 소리를 듣자 나는 '그래, 이렇게 살아서 뭐 해! 내가 죽어주는 게 많은 사람 도와주는 일일지도 몰라.' 하는 비관적인 생각에 빠져들었다. 그 순간 "어떤 이유에서건 자살하면 안 돼요. 자살하면 지옥 가요." 하는 말이 떠올랐다. 초등학교 다닐 때 교회 설교 시간에 들었던 말씀이었다.

나는 내가 어디로 튈지 몰라 정신을 차리려고 하늘을 올려다보며 기도했다.

"하나님 아버지, 들으셨죠? 나 정말 왜 이러는 걸까요? 내 마음인데 내 마음대로 안 돼요. 이렇게 하고 싶지 않은데…. 하나님도 아시잖아요? 엄마와 할아버지가 나를 얼마나 사랑하는지요. 두 분이 원망스럽긴 하지만 상처를 주고 싶지는 않아요. 마음과 행동이 따로 노는 내가 너무 밉고 힘들어요. 하나님 아버지, 제 마음 좀 어떻게 해주세요!" 하고. 나는 '질풍노도의 시기'를 호되게 겪고 있었다.

언제가 될지 몰라도 나의 출생에 관해 터놓고 이야기할 날을 상상하며 연습을 해보기도 했다. "알아요. 두 분도 많이 힘드셨을 거라는 거. 그렇다고 뻔히 보이는 이상한 관계를 언제까지 모른 척하고 살 순 없잖아요. 두 분을 원망하지 않으니 이제 이야기해 주세요." 하고.

중학교 3학년 때 교회에서 열리는 겨울 수련회에 참석했다. 수련회 마지막 날 설교의 한 대목이 뇌리에 꽂혔다. "너희들, 예수님 믿고 변화된다는 건 다른 게 아니야. 이제 내일 집에 가면 먼저 부모님께 큰절부터 올리고, 공손히 무릎 꿇고 앉아서 지금까지 키워주셔서 정말 감사합니다, 하고 표현하는 게 진짜 예수님을 믿는 거야." 하는 말씀이었다.

그 말씀에 깊이 감화받은 나는 그간의 못된 행동과 막말을 깊이 후회했다. 그리고 부모님 마음을 아프게 해드린 것을 사죄드리고 용서받고 싶었다. 내가 사죄드렸을 때 부모님은 나를 용서하고 품어주시리라는 믿음이 있었기에 반드시 행동으로 옮기겠다는 강한 의지를 안고 집으로 왔다.

집에 도착하자마자 나는 "할아버지, 엄마, 여기 앉으세요." 하고 말하며 큰절을 올리기 위해 두 손을 모았다. 그 순간 눈물이 흐르기 시작했다. 눈물은 통곡으로 변했고 나는 꺼이꺼이 울며 감사와 사죄의 말을 했다.

"지금까지 키워주셔서 감사합니다. 그리고 그동안 잘못한 것 용서해 주세요."

눈물은 멈추지 않고 흘렀고 할아버지는 그런 나를 애처로운 눈빛으로 바라보다 엄마를 툭툭 쳤다. 마치 '이 사람아, 어서 저 가엾은 아이 좀 달래줘!' 하는 것 마냥.

엄마는 "그만 울어라. 내가 니 맘 다 안다." 하시는데 그 말을 들으니 서러움이 밀려왔다. 그때 어디서 용기가 생겼는지 엄마에게 물었다. "엄마, 내가 가족을 부르는 호칭이 누가 봐도 이상한 호칭이잖아? 내가 바보도 아니고."라고. 그러자 엄마는 "니 엄마와 아빠가 누군지 궁금하냐?" 하시더니, "그려. 니 아빠는 승찬이여. 스무 살 갓 넘어 옆집에 사는 상미랑 좋아지내더니 니가 생겼고, 상미가 너를 낳았으니 어쩌겄냐? 상미한테 둘이 같이 살게 해준다니까 싫다고 하면서 너를 놓고 사라져 버렸어야!" 엄마의 거침없는 이야기에 나는 정신이 아찔해졌다.

엄마는 한술 더 떠서 "지금이라도 엄마 만나게 해주랴?" 했다. 나는 "어디 사는지 알아?" 하고 묻자 "동네 사람이었으니까 간간이 소식이 들리더라. 결혼도 새로 하고 자식 낳고 산다고 하드라." 했다. 그 말을 듣는 순간, "만나고 싶긴. 잘살고 있는데 괜히 나 때문에 가정 파탄 낼 일 있어? 됐어. 안 만나!" 하고 선을 그었다.

막상 이 모든 사실을 한순간에 알게 되니 내게도 엄청난 혼란이 왔지만, 그보다 더 걱정스러운 건 할아버지와 엄마의 마음이었다. 나에게 이야기해 놓고 후회하진 않으실까? 내 마음이 변했다고 생각하지는 않으실까? 지금껏 공들여 키운 손녀에게 배신당했다고 느끼시진 않으실까?

무슨 일을 하고 있어도 두 분이 걱정되었다. 나는 아무 일도 없었던 것처럼 행동하면서 전보다 더욱 엄마와 할아버지에게 살갑게 굴었다. 두 분 마음을 안심시켜 드리고 싶었기 때문이다. 그리고 그날 이후 나는 큰 결단을 내렸다. 내 인생의 부모님은 할아버지와 엄마, 두 분뿐이라고.

비로소 만난 나

참 좋은 친구

내가 예닐곱 살 되었을 즈음의 어느 일요일 아침, 옆 동네에 사는 친구의 엄마가 함께 교회에 가자고 하셨다. 나는 흔쾌히 따라나섰다. 처음 교회에 가니 나를 향해 집중되는 시선이 낯설었지만, 돌아올 때는 또 가고 싶다는 생각이 들었다. 그래서 그 후 계속 교회에 다니게 되었다.

사람을 좋아하는 나는 교회 생활이 무척 재미있었다. 다 같이 모여 노래 부르고, 율동하고, 게임을 하고, 선물도 받고 하는 것이 마치 축제를 하는 것 같았다. 목사님의 말씀을 모두 이해하지 못했지만 한 가지만은 굳게 믿어졌다. 하나님이 나를 너무 사랑하셔서 자신의 하나뿐인 아들을 십자가에 못 박혀 죽게 했다는 말씀, 그리고 내가 그 사실을 믿기만 하면 죄를 용서받고 하나님의 자녀가 되고 나아가 천국에 갈 수 있는 티켓까지 받을 수 있다는 말씀이었다. 누가 들어도 비논리적이고 비현실적인 내용이 믿어지는 것이 신기할 정도였다.

하나님의 자녀가 되었다는 것이 믿어진 후부터 금기어였던 '아빠', '아버지'라는 단어가 무장해제 되었다. 그리고 나는 시도 때도 없이 하늘에 대고 말을 걸었다.

비가 내리는 날이면 우산을 쓰고 냇가로 나가 물 위에 떨어지는 빗방울을 보며 속삭였다. "하나님 아버지, 내리는 비가 참 예뻐요. 제가 노래 불러드릴 테니 들어보세요." 하면서 하나님께 노래를 불러드렸다.

예쁜 꽃과 나무, 떠가는 구름만 봐도 나는 탄성을 발했다. 하나님 아버지는 언제나 내 곁에서 나를 지켜주시는 분이라는 느낌이 강하게 들었다. 기쁠 때도, 슬프고 외로울 때도, 속상할 때도, 힘이 없고 두려울 때도 나는 하나님 아버지께 말을 걸었다. 친한 친구에게 내 모든 속내를 이야기하듯이. 이렇게 하나님 아버지와 함께하는 시간은 천국과 같았다.

깊은 사랑으로

고등학생이 되면서부터 나는 기숙사 생활을 하게 되었다. 격

주로만 집에 갈 수 있었던 생활관 규칙 때문에 교회와 멀어지게 되었고, 그러자 하나님에 대한 사랑도 식어갔다.

"하나님은 정말 나를 사랑하실까? 왜 나만 하나님께 안달복달하는 것 같지? 나 혼자만의 착각인가? 하나님 정말 살아계실까? 내가 그냥 그렇게 믿고 싶은 건 아닐까?" 하는 질문이 꼬리에 꼬리를 물고 달려들었다. 득달같이 치고 들어오는 생각에 내 마음은 낙심되기 일쑤였고, 그때마다 나는 깊은 수렁에 빠졌다. 그렇다고 하나님의 존재를 부인할 수는 없었다.

아이스크림을 맛본 사람만이 아이스크림 맛을 알고, 맛있는 김치를 먹어본 사람만이 김치 맛을 알 듯 내 삶에 깊숙이 들어왔던 하나님의 사랑을 맛보아 알고 있던 나는 그 사랑을 부인할 수 없었다. 나는 사랑의 회복을 갈망하고 있었다. 사감 선생님은 이런 내 사정을 이해해 주셨고, 저녁 식사 시간에 짬을 내어 근처 교회에 가서 기도하는 것을 허락해 주셨다.

나에게는 하나님이 필요했다. 나를 낳아준 부모는 나를 버렸고, 부모의 빈자리가 느껴지지 않게 키우려고 밤낮 노심초사한 분들께 나는 이루 말할 수 없이 못나게 굴었었다. 나는 못난이 인형처럼 오만상을 쓰며 비교 의식과 열등감에 짓눌려 살았었다. "나 같은 게 뭘 할 수 있겠어!" 하는 생각으로 가득 차서.

나는 매일 같이 눈칫밥을 먹은 덕분에 남의 표정을 읽고 그들의 비위를 맞추는 일은 잘했다. 인정받고자 하는 욕구가 너무나

강렬했기에 나는 사람들이 좋아할 만한 가면을 쓰고 그들을 대했다. 내 안에는 다중이가 살고 있었다.

그랬던 나에게 하나님 아버지 앞에 나가는 그 시간은 가면을 벗고 민낯을 드러내는 시간이었다. 꾸미거나 거추장스러운 수식어도 필요치 않았다. 십자가 앞에 조용히 앉아 "아버지."라고 부르면, 어떤 날은 "선화야, 힘들지? 내가 다 안다."라고 말씀해 주시는 것 같았고, 어떤 날은 "선화야, 괜찮아. 잘하고 있어. 누가 뭐라고 해도 나는 너를 세상에서 가장 사랑한단다."라고 말씀하시는 것 같았다.

하나님 아버지의 사랑에 나는 조금씩 치료되고 있었다. 다중이인 내 모습이 너무 싫어서 "하나님은 내가 어떤 아이인지 다 아시잖아요?"라고 하면 "그래도 나는 널 사랑한단다. 네가 너여서 사랑해."라는 말씀을 들려주셨다. 그 말씀에 차가운 마음의 벽이 와르르 무너지며 하나님의 한없는 위로가 쏟아져 내리는 것을 느꼈다.

나는 매일 기도의 자리에서 나를 만나주시고, 내 존재 자체를 인정해 주시고, 있는 모습 그대로의 나를 수용해 주시는 하나님 아버지의 사랑으로 다시 태어나고 있었다. 나는 점차 타인을 배려하는 마음, 누군가의 아픔을 내 아픔처럼 아파하는 마음, 불쌍한 사람을 측은히 여기는 마음, 가난한 사람을 도와주고 싶어 하는 마음, 사랑을 주고 싶어 하는 마음이 내게 있다는 것을 발견하게 되었다. 그런데 그런 마음은 나에게서 나올 수 없음을 알았기에 나는 고백했다. 그 마음은 하나님 아버지께서 나를 사랑하시기 때문에 내게 심어주신 마음이라고.

아픔을 딛고 다시 서다

결혼과 함께 다시 불거진 족보 문제

엎치락뒤치락 내적 싸움을 반복하면서 내 나름의 멋진 인생을 살아보고자 애쓰고 있던 시기에, 내 인생에 받아들여도 좋을 만한 한 사람을 만나게 되었다. 그는 목사가 되려고 준비하는 신학생이었다. 그는 가정을 돌보지 않는 아버지로 인해 가난했을 뿐만 아니라 폭력과 폭언으로 상처를 받고 자랐지만, 어둠 속에서 길을 찾지 못하고 헤매는 사람들을 위한 꿈을 가지고 있었다. 그들에게 '인생은 살만한 것'이라는 희망을 전하겠다는 꿈이었다. 우리의 운명적인 첫 만남과 달리 그와 인생을 함께하는 첫걸음을 떼기까지는 견뎌야 할 시간들이 있었다.

엄마와 할아버지는 넉넉지 못한 가정형편에 마음고생까지 심했던 나에게 물질적으로 편안한 삶을 선사해 줄 사람을 만나게 해주는 것을 당신들의 마지막 사명으로 생각하셨다. 두 분의 꿈은 단지 손녀가 평범한 가정을 꾸렸으면 하는 소박한 것이었는데, 목사라는 직업은 그분들의 작은 꿈을 이루지 못하게 하는 장애물로 보였다. 두 분에게 목사의 삶은 가난하고 궁상맞은 생활과 말 많은 사람들에게 휘둘리는 고된 삶으로 도식화되어 있었기 때문이다.

눈에 훤히 보이는 고생길을 어떻게든 막아보고자 그 사람과의 전화 통화는 처음부터 거부하셨고, 그가 인사드리러 온다고 하면 없던 외출 거리를 만들어 나가셨다. 어쩔 수 없이 마주치면 문전박대를 하시더니, 최후의 보루로 나를 중국에서 사업하시는 삼촌에게 보내기까지 했다.

그러나 "자식 이기는 부모 없다"라는 말처럼 두 분은 결국 씁쓸하게 승낙하실 수밖에 없었다. 하지만 결혼 승낙을 받은 기쁨도 잠시, 나는 다시 호칭에 대해 고민하기 시작했다. 그리고 두 분께 말씀드렸다.

"나 혼자일 때는 상관없지만, 결혼하고 아이가 태어나 엄마의 가족관계에 대해 의문을 가지면 뭐라고 말해요? 가타부타 설명할 필요 없게 주민등록등본에 기재된 대로 호칭 정리만 좀 해주세요." 하고.

두 분은 내 말을 듣고 처음엔 무척 난감해하셨지만 그렇게는 못 한다고 하셨다. 몇 날 며칠을 고민하고 말한 것이 무색하게 바로 나온 거절에 서운한 마음이 들었지만, 나는 포기하지 않고 다시 한번 부탁했다. 그러나 또다시 같은 답을 들었다. 부탁하고 거절당할 때마다 나는 속이 상하고 또 상했지만 두 분의 마음도 이해가 되었기에 더는 말할 수 없었다.

파주에 정착하다

놀랍게도 결혼식을 올린 순간부터 남편을 대하는 두 분의 태도가 달라졌다. 특히 엄마는 "우리 문 목사! 우리 문 목사!" 하시며 남편의 자리를 만들어주셨다.

남편은 주중에는 신학대학원 학생 신분으로 공부를 하고 주말에는 전도사 신분으로 교회를 섬겼다. 우리는 2003년에 결혼하여 그 이듬해에 딸아이를 품에 안았고 3년 후 아들도 얻었다. 10년 후에는 상가건물에 처음으로 교회를 개척하였고, 딸아이가 열 살이 되었을 때 열 번째 거처인 파주로 왔으며, 결국 이곳에 정착하게 되었다.

그 당시엔 가진 돈이 턱없이 부족해 사택을 따로 구한다는 것은 엄두도 낼 수 없었다. 그런데 감사하게도 전에 우리가 섬기던 교회의 장로님과 목사님이 전기 판넬을 사 와서 교회 안에 네 식구가 잘 수 있는 공간을 만들어주셨다. 솜씨 좋은 남편은 교회 주방 한쪽에 샤워기와 커튼을 설치하여 몸을 씻을 수 있는 공간을 만들었고, 따듯한 물을 사용할 수 있도록 순간온수기도 설치했다.

교회 공간과 사택은 마련되었으나 교인을 얻는 것은 또 다른 문제였다. 한 사람의 마음을 얻는 것은 하늘의 별 따기였다. 전도지를 들고 나가 사람들에게 나눠주었지만 주일 예배에 오는 사람은 거의 없었다. 그래서 방향을 전환하여 아이들의 친구와 가족에게 복음을 전하기로 했다. 하교 후 아이가 놀이터에서 친구들과 노는 사이 나는 아이들의 부모와 대화를 나누면서 교회에 나오라고 권하였다. 그렇게 하여 한 가정씩 띄엄띄엄 교회에 나오기 시작했지만, 나오는 가정마다 주목받는 것에 대한 부담과 교회 재정에 도움이 못 된다는 생각 때문에 지속적으로 출석하지 못했다.

그즈음 초등학교에 입학한 아들이 작은 문제를 일으켰다. 유치원 때부터 친구들 사이에서 인기가 많았던 아들은 초등학교에 입학해서도 놀이를 주도하다 보니 친구들과의 사이에 갈등이 빚어졌고, 그 갈등은 함께 놀이하는 친구 부모의 마음을 불편하게 만들었다.

어느 날 전화 한 통이 걸려왔다. "민혁이 엄마, 우리 현민이가 민혁이랑 놀고 싶은데 같이 못 놀아서 속상하대. 우리 현민이하고도 좀 놀아주라고 해줘." 하는가 하면 "민혁이 엄마, 민혁이가 놀이하다 우리 현민이를 빠지라고 했대. 그런 말은 못 하게 해 줘." 했다. 나는 전화를 받고 나면 아들을 앉혀놓고 조사관이 조사하듯 질문을 했다. 그러고 나서 아이가 대답하는 내용을 듣고 해결책을 제시하며 나름 좋은 엄마가 되고자 노력했지만, 결과는 내 노력과 반대로 가고 있었다.

회복의 시작

아이를 키우면서 처음으로 해결할 수 없는 난관에 봉착했던 때가 이때였다. 나는 지푸라기라도 잡는 심정으로 아이들 학교에서 열리는 학부모 연수에 참여했다. 강의를 듣고 나서 배운 대로 아이들에게 적용해 보려 했으나 잘 먹혀들지 않았다. 답답한 마음에 남편과 상의했더니 남편은 우리 교회에서 '부모학교'를 한번 열어보자고 제안했다. 학교에 전화를 걸어 학부모 연수를 진행한 강사님의 전화번호를 알아내 직접 문의를 드렸더니 강사님은 교육을 받을 사람 여섯 명만 모이면 와서 지도해주겠다고 하셨다. 나는 그간 관계를 맺고 지냈던 엄마 중에서 배우고자 하는 엄마들을 모을 수 있었고, 그렇게 하여 토마스 고든 Thomas Gordon의 '효과적인 부모 역할 훈련' Parent Effectiveness Training, PET 8주 과정을 교회에서 시작할 수 있었다.

나는 매주 PET 배우는 시간을 기다리고 또 기다렸다. 그 이유는 배운 것을 아이와 나의 대화에 적용했을 때 신기할 정도로 아이와의 관계가 좋아지는 것을 경험했기 때문이다. 한 주 수업이 끝나자마자 다음 주가 기다려졌다. 내 손에 관계의 마스터키가 쥐어진 것 같았다.

이런 PET 과정을 남편과 함께 배울 수 있어서 더 좋았다. 게다가 강사님도 전에 목사 사모의 삶을 사셨던 분이어서 누구보다 내 형편과 사정을 잘 알아주셨기에 강의 시간마다 큰 힘과 위로를 얻을 수 있었다.

3시간에 걸친 PET 강의가 끝나면 나는 곧바로 학교 돌봄교실로 출근을 해야 했다. 그래서 강사님을 배웅해 드리고 뒷정리를 하는 것은 남편의 몫이었다. 누구보다 내 상처와 아픔을 잘 알고 있는 남편은 상담사 겸 코치이신 강사님께 내 사정을 이야기하며 개인 상담을 한 번 해주십사 부탁을 드렸다. 나는 어느 날 출근 시간을 조정하여 강사님께 개인 상담을 받았다.

38년을 살아오면서 그 누구에게도 말한 적 없는 출생의 비밀에 대해 처음으로 입을 열었다. 세상엔 나보다 더 기막힌 사연을 가진 사람들이 많다는 것도, 그 시절에는 나와 같은 출생이 흔한 일이었다는 것도 알고 있었지만, 내 상처는 풀어지지 않고 응어리져 있었다. 그런데 그날 신기하게도 강사님의 진심 어린 공감을 받고 내 상처가 치유되었다.

강사님은 아버지가 내 앞에 앉아 있다고 생각하고, 나를 낳아준 아버지에게 그동안 하고 싶었던 이야기를 하라고 했다. 나는 말을 시작했다.

"나 지금까지 살면서 너무 힘들었어요. 아빠라고 불러보고 싶을 때가 많았는데 그럴 수 없었어요. 내가 그러면 모두가 힘들어질 것 같아서 꾹꾹 참았어요."

차분하게 시작된 이야기는 감정이 점점 격해지면서 울부짖음으로 변했다.

"내가 어떻게 지내는지 궁금하긴 했어요? 살면서 내 생각 한 번이라도 했어요? 나처럼 아빠도 힘들었어요?"

나는 눈물범벅이 되어 그동안 가슴에 묻어두고 하지 못했던 말들을 다 했다. 그러고 나니 완전히 기진맥진해졌다.

다음은 내가 아버지가 되어 어린 선화에게 하고 싶은 이야기를 할 차례였다. 아버지의 자리에 앉는 순간 가슴에 무거운 돌덩이를 얹어놓은 것처럼 말문이 막혔고 가슴속은 무언가에 찔린 듯 아파졌다. 나는 한참을 가슴을 부둥켜안고 눈물만 흘렸다. 그러다 어렵게 뗀 첫 마디는 "미안하다. 선화야, 나 많이 원망했지? 미안하다. 미안하다."였다. 아버지도 나 못지않게 힘들었을 거라는 생각에 마음이 저미듯 아팠다. 그 시간 나는 용서의 배에 아버지를 태워 멀리멀리 띄워 보냈다. 그리고 내 안의 원망과 자기연민, 피해의식을 모두 벗어던지고 상처의 고리도 끊어버린다고 선포했다.

강사님은 상담이 끝나고 나면 며칠은 무척 힘들 거라고 하셨다. 그 말대로 정말 며칠을 호되게 아프더니 신기한 일이 벌어졌다. 움츠러든 어깨가 펴지고 숨고만 싶었던 내 자아가 고개를 드는 것 같았다. 마른 뼈에 살이 붙고 근육이 붙어 움직이는 것처럼, 부스러질 듯 연약했던 내 마음에 살과 근육이 붙어 단단해졌다는 것을 느낄 수 있었다. 그날 이후 나 자신이 전보다 더욱 사랑스럽게 느껴졌고 나를 소중한 존재로 보게 되었으며 삶에는 넘치는 활력이 생겼다.

자신을 내어준 사랑

그림처럼 선명한 그날

내겐 소소하지만 확실한 행복이 있었다. 지친 일상 중 딸과 함께 목욕탕에 가는 일이었다. 해맑은 웃음으로 따라나서는 딸을 보니 토요일 아침이 마냥 행복했다. 우린 웃으며 서로의 등을 밀어준 후 노천탕에도 나가보았다. 겨울이라 바깥 공기는 차가웠지만 물 안으로 들어간 순간 다시 따뜻한 기운이 온몸을 감쌌다.

그 순간 맑은 하늘에서 갑자기 눈이 흩날리기 시작했다. 딸의 긴 머리카락 위로 하얀 눈송이가 떨어졌다. 눈이 햇빛에 반사되면서 육각형의 결정이 선명하게 반짝였다. 우리 두 사람은 그 아름다움에 취해 시간 가는 줄 몰랐다.

라커룸에 도착한 나는 핸드폰부터 확인해 보았다. 가족들에게

서 수십 통의 부재중 전화가 걸려 온 기록이 있었다. 불길한 예감이 들었다. 나는 먼저 작은엄마께 전화를 걸었다. 작은엄마는 "선화야, 아버님 사진을 찾는데 아버님 사진이 없네." 하며 넋 나간 사람처럼 말했다. "작은엄마! 사진은 왜요?" 하자, "교통사고가 났는데…, 아버님이 돌아가셨어." 하는 것이 아닌가! 나는 가슴이 철렁했다. 나의 충격을 표현할 새도 없이 작은엄마는 새로운 비보를 전했다. "어머니는 전북대학교 부속병원으로 옮겼는데 위독하신 것 같아. 아버님 영정사진을 찾는데 영정사진이 안 보여." 하고.

쏟아지는 눈물을 어떻게 해야 할지 알 수 없었다. 하지만 그 와중에도 나는 딸아이가 걱정되었다. 내가 우왕좌왕하면 아이가 불안해할 것 같아 차분하게 설명하며 옷을 입었다. 심장은 튀어나올 듯 요동쳤고, 눈물은 폭포처럼 쏟아졌다. 눈물이 앞을 가려 걸을 수가 없었다. 간신히 걸어가는 나를 쳐다보는 사람마다 걱정하며 무슨 일인지 물었지만 어떤 대꾸도 할 수 없었다. 교회 바로 옆 건물에 있는 목욕탕에서 교회까지 가는 길이 그날따라 왜 그렇게 멀게 느껴지는지.

교회 문을 열고 들어가자 남편이 와서 꼭 안아주었다. 나는 남편 품에 안겨서 엉엉 소리 내 울었다. 남편도 내 등을 쓰다듬으며 조용히 울었다.

꿈이었으면

일단 우린 엄마가 있는 병원으로 가기로 했다. 셋째 삼촌이 사고 처리를 하는 중이라고 하여 전화를 걸었다. 삼촌은 사고 경위에 관해 이야기해 주었다. 엄마와 할아버지는 사륜오토바이를 타고 병원에 갔다 돌아오는 길이었다. 두 분은 약을 타러 가셨던 것 같다. 길 하나만 건너면 집인데 그때 트럭 한 대가 빠른 속력으로 달려오다 오토바이와 충돌했고, 할아버지와 할머니는 오토바이에서 떨어졌다. 야속한 트럭 때문에 할아버지는 끝끝내 그 길을 건널 수 없게 되었다.

할아버지와 할머니가 약을 타러 병원에 가신 데는 사연이 있었다. 사고가 나기 일주일 전이 설날이었다. 이번 설 명절에는 시댁에 양해를 구하고 친정에 먼저 갔다. 당시 키우던 반려견을 시댁에 갖다 드릴 요량으로 데리고 간 것이 사단이 되었다.

평소 동물을 예뻐하는 엄마는 강아지가 먹고 있는 사과에 씨를 발라주려고 손을 뻗었다. 그 순간 강아지는 자기 사과를 뺏어가려는 줄 알고 야무지게 엄마 손을 물었고, 엄마의 손등 살갗 3분의 2 이상이 벗겨졌다. 다급하게 병원으로 간 엄마는 삼십 바늘 이상을 꿰매는 수술을 하고 붕대를 감은 채 집으로 왔다.

명절을 보내고 2주 뒤엔 손자며느리가 들어오는 경사가 예정

되어 있었다. 나는 삼촌의 설명을 듣고 전화를 끊는 순간 아찔한 생각이 들었다. 약을 타러 갈 필요가 있기도 했지만 내가 아는 두 분은 치료를 빨리 끝내고 결혼식에 참석하기 위해 가지 않아도 될 병원을 일부러라도 가실 분들이었다.

강아지가 엄마 손을 물지 않았다면 병원 갈 일도 없었을 것이고, 병원에 가지 않았다면 사고 날 일도 없었을 것이다. 결국, 할아버지를 천국 보내드린 장본인이 나라는 결론이 내려졌다. 이 말도 안 되는 상황에 억장이 무너졌다. 눈물은 멈추지 않고 흘렀다. 이런 나를 남편이 위로해 주지 않았다면 나는 평생 크나큰 죄책감을 안고 살았을 것이다. 남편 덕분에 나는 이성을 찾았다.

나는 지금까지 살면서 이해되지 않고, 수용할 수 없는 일들을 수없이 겪었다. 그러나 지나고 보니 그 일 중에 헛된 일은 하나도 없었다. 지금 겪는 이 일도 당장은 이해되지 않지만, 훗날엔 이해할 수 있게 될 것이라 믿었기에 지금의 고통을 잘 견뎌내고 싶었다. 언젠가 내가 겪은 이해할 수 없었던 일들에 대해 말할 수 있는 날이 왔을 때 모든 상처가 씻겨져 있기를 바랐다.

응급실에 있는 엄마를 보고 장례식장으로 왔다. 상주복으로 갈아입고 잠시 후 차가운 냉동고에서 나온 할아버지를 보았다. 할아버지는 언제나처럼 온화한 얼굴을 하고 누워계셨다. 나는 두 손으로 할아버지 얼굴을 쓰다듬으며 "아이고 우리 할아버지!

우리 할아버지!" 바보처럼 이 말만 되뇌었다. 그렇게 할아버지를 보내야 한다는 것을 좀 더 일찍 알았더라면 나는 두고두고 후회할 일을 만들지 않았을 것이다.

장례가 끝날 때까지 엄마를 지켜야 했던 나는 할아버지 입관식도 함께 할 수 없었다. 하루에도 몇 번씩 병원과 장례식장을 오가며 '아아, 모든 것이 꿈이었으면.' 하고 터무니없는 바람도 가져 보았다.

그가 하는 모든 일은 선하시다

발인 전날 밤이었다. 잠을 청하려고 바닥에 누웠는데 마음이 무너지기 시작했다. 이 모든 상황을 받아들일 수 없는데 받아들여야 하는 막막함, 생사를 오가며 사투를 벌이고 있을 엄마를 홀로 두어야 하는 미안함, 그러다 엄마마저 잃게 될지도 모른다는 두려움까지 한꺼번에 밀려왔다.

모두가 잠든 고요한 적막 속에서 나는 바닥에 엎드려 몸을 웅크렸다. 처음엔 가슴을 움켜잡고 울다 나중엔 숨이 쉬어지지 않아 가슴을 치며 울었다. 그리움과 미안함과 죄책감으로 가득 찬 내 마음과 달리 내 입술에선 "하나님은 선하시다. 하나님이 하는 모든 일은 선하시다. 하나님은 선하신 분이다." 하는 말이 흘러나왔다. 남들이 들으면 손가락질할 말이었다. 나는 이 말을 수천 번 반복하며 할아버지를 보내드렸다.

명절 때 할아버지와 나눈 마지막 대화가 생각났다. "선화야, 이제 내 몸은 다 됐다. 저 약 좀 봐라. 나는 약의 힘으로 사는 몸이다. 나는 매일 하나님께 나를 이슬처럼 당신 곁으로 데려가 달라고 기도한다. 그게 내 마지막 기도다. 나는 더 바랄 것이 없다. 저 천국이 있는데 뭔 미련이 있겠냐." 그날 할아버지는 내게 유언 같은 찬양도 불러주셨다.

이제 내가 살아도 주 위해 살고
이제 내가 죽어도 주 위해 죽네
하늘 영광 보여주며 날 오라 하네
할렐루야 찬송하며 주께 갑니다
그러므로 나는 사나 죽으나 주님의 것이요
사나 죽으나 사나 죽으나
날 위해 피 흘리신 내 주님의 것이요

《이제 내가 살아도》 작사·작곡 최배송

끊임없는 나의 전도에도 당신은 도리에 어긋나지 않고 스스로 부끄럽지 않은 삶을 사노라며 신앙을 받아들이지 않았던 할아버지는 죽음의 위기를 겪으신 후 결국 하나님을 받아들이셨다. 그 후로는 이 땅에서 천국을 경험하며 사시다 하나님 품에 편안하게 안기셨다.

호전될 줄 알았던 엄마의 상태는 할아버지가 돌아가신 후 급속도로 나빠졌다. 병원은 해줄 수 있는 처치가 더 이상 없다며 퇴원을 권유했고, 결국 가족들은 서울에 있는 요양병원에 엄마를 모시기로 했다. 그 후 일 년 남짓한 시간을 엄마는 내 곁에 머물러주었다.

기도삽관으로 말도 할 수 없었고, 아무 반응이 없는 날이 대부분이었지만 그 일 년의 시간이 허락되어서 얼마나 감사한지 모른다. 그 시간이 없었다면 나는 어찌 되었을까?

생각만 해도 아찔하다. 내 눈에 엄마는 마지막 남은 숨조차도 자식을 위해 쉬고 있는 것처럼 보였다.

할아버지를 보낸 슬픔은 엄마를 간호하며 잊혀져 갔고, 할아버지에게 하지 못한 인사도 엄마를 통해 할 수 있었다. 엄마에게 그 일 년은 말할 수 없는 고통과 아픔과 수치의 시간이었기에 나는 엄마의 숨결을 숭고한 희생이라 말하고 싶다.

또 다른 회복

맑은 하늘, 예쁜 꽃을 보면 지금도 여전히 엄마 생각이 나고,

맛있는 음식을 먹거나 좋은 장소에 가면 두 분 생각에 울컥해진다.

사춘기 때는 엄마와 마주치기만 해도 싸웠었는데, 결혼하고 자식을 낳은 후 엄마와 관계는 말할 수 없이 끈끈해졌다. 엄마는 하루가 멀다고 전화를 하셔서 나를 '효녀 딸'이라고 불러주셨다. 내가 엄마 삶에 활력소라고. 엄마는 나 때문에 살았다고.

휴가 기간에 집에 며칠 가 있을 때면 내가 좋아하는 반찬을 해주시고, 맛있다는 내 말에 호탕하게 웃으며 행복해하시던 엄마였다. 풀을 뽑으면서도 감사, 물을 마시면서도 감사, 자식이 있어 감사, 모든 것이 감사라고 감사 노래를 부르셨던 엄마 말씀은 지금 내 삶의 큰 가르침이 되었다.

최근 나는 동화심리상담사 과정에 등록했는데 수업내용 중 동화를 쓰는 과제가 있었다. 동화의 주제를 고민하던 나는 두 분을 향한 고마운 마음을 동화에 담아 보기로 했다. 동화가 완성되던 날 새벽에 나는 또 한 번 눈물을 흘렸다. 두 분이 내게 주신 무한한 사랑과 헌신적 수고에 대한 감사의 눈물이었다.

동화 작업을 하면서 내 안에 또 다른 치유와 회복이 일어나고 있음을 느낄 수 있었다. 그리고 주어진 매일의 삶을 살아내며 나는 진정한 나를 발견해 가고 있다. 겉으로 보이는 모습뿐만 아니라 보이지 않는 내면의 자아까지 건강하게 성장하고 있음을 느끼며 나는 다음 걸음을 내딛는다.

Part 3

치유와 성장의 길

나에게 불러주는 노래

어려서부터 나는 노래 부르기를 좋아했다. 노래는 나의 좋은 친구이자 위로자였다. 삶의 고비마다 힘을 주기도 하고 때론 풀리지 않는 문제의 답을 주기도 했다. 마음의 평정을 찾고 열정을 회복하도록 도와주기도 한 노래는 매일 아침 선물처럼 찾아와 마음을 다독다독해주곤 했다. 그 노래가 오늘도 나를 찾아와 이야기한다.

그대여 아무 걱정 하지 말아요
우리 함께 노래합시다
그대 아픈 기억들 모두 그대여
그대 가슴 깊이 묻어 버리고
지나간 것은 지나간 대로 그런 의미가 있죠
떠난 이에게 노래하세요

후회 없이 사랑했노라 말해요

그댄 너무 힘든 일이 많았죠 새로움을 잃어버렸죠
그대 힘든 얘기들 모두 꺼내어
그대 탓으로 훌훌 털어 버리고
지나간 것은 지나간 대로 그런 의미가 있죠
우리 다 함께 노래합시다
후회 없이 꿈을 꾸었다 말해요

《걱정 말아요 그대》 작사·작곡 전인권

마음을 사수하라

"사람은 사회적 동물"이라는 말이 있듯 우리는 다른 사람들과 관계를 맺지 않으면 살아갈 수 없다. 태어나는 순간 가정이라는 작은 사회를 만나고, 발달과정에 따른 삶의 과업으로 학교와 직장이라는 사회를 거친다. 다양한 사람들이 섞여 사는 사회 안에서 우리는 독불장군처럼 살 수 없다. 그러다 보니 그 속에서 만난 사람들과의 관계 안에서 상처받기도 하고, 속절없이 마음이 무너지기도 하고, 인생의 밑바닥을 경험하며 마음 아파하기도 한다. 내가 맺고 있는 관계 안에서 마음을 다치는 일이 얼마나 많은지 모른다. 나는 인간관계에서 생기는 어려움으로 인해 많은 눈물을 흘렸고, 내가 흘리는 눈물을 타고 노래도 함께 흘렀다.

사람들은 마음을 호수에 비유하기도 하고 유리에 비유하기도 한다. 호수와 유리의 공통점은 외부 자극에 즉각적인 반응을 일으킨다는 것이다. 아무리 잔잔한 호수도 작은 돌 하나에 한없는 파문이 일어나고, 맑고 투명한 유리도 작은 자극에 금이 가거나 산산이 부서진다.

사람의 마음이 이와 같다. 분명 내 마음은 나의 것이고 누구도 내 마음을 좌우할 수 없다고 믿어도 수많은 사람과 관계를 맺고 살면서 마음을 잔잔한 호수처럼, 맑은 거울처럼 지킨다는 것은 쉬운 일이 아니다.

사십을 훌쩍 넘은 나이가 되도록 여전히 나는 내 마음을 지키며 하루를 살아내기가 어렵다. 오늘도 나는 마음을 지키기 위해 안간힘을 쓴다. 내가 안간힘을 쓸 때 노래는 내게 힘을 준다.

아이들을 좋아해서 보육교사가 된 나는 2020년 개원한 원으로 이직을 하게 되었다. 첫해부터 중간관리자 역할과 보육교사 역할을 겸하면서 나는 다음 세대를 잘 키워내고 싶다는 사명감을 가지고 일하고 있다.

일에 대해 올바른 태도와 마음가짐을 가지고 시작하는 사람은 비단 나뿐만이 아닐 것이다. 많은 사람이 나와 비슷한 생각으로 일을 시작할 것이다. 그러나 살아보니 비슷한 동기를 가지고 모인 집단 안에도 갈등은 있기 마련이었다. 사소한 부딪침부터 관계가 틀어지는 일, 손절을 넘어 원수가 되는 일까지 관계로 인한 어려움은 여러 모양과 여러 단계가 있었다. 심지어 잘 해보고자 하는 마음에서 시작된 일도 생각지 못한 순간에 다툼이 일어나 혼을 쏙 빼놓는 일이 생기기도 한다. 이런 일들을 어떻게 감당해야 할지 몰라 깊은 고민에 잠겨 있을 때 내게 '그대여 아무 걱정하지 말아요. 지나간 것은 지나간 대로 그런 의미가 있죠.'라는 노래가 들려와서 위로를 주었다.

오늘도 관계 안에서 벌어진, 당장의 해결책이 없는 일로 마음이 깨져 버렸다. 그 순간 행복은 사라지고, 불안이 찾아온다. 깨진 마음으로 세상을 보니 온 세상이 불타는 빨간색이다. 나는 이글거리는 붉은 세상을 평온한 색으로 바꾸고 싶어 한다. 색을 바꾸는 방법은 내 마음을 지키는 것이건만 그것을 알면서도 당장 해결책을 찾으려 조바심을 내고, 틀어진 관계를 빨리 원상복구 하려고 안달복달했다. 그렇게 해서 얻은 것은 낮은 자존감, 그리고 남 탓하기로 궁핍해진 마음이었다. 결국, 마음을 지켜내지 못한 탓에 내 존재 이유까지 흔들리게 되었다.

MZ 세대는 '꼰대'라고 일축할 수도 있겠지만 인생을 살아보니 '지나간 것은 지나간 대로' 그 의미를 나중에 알게 되는 일이 꽤 많았다. 이제 나는 어려운 일에 봉착할 때마다 내 마음을 깨트리지 않기 위해 '지나간 것은 지나간 대로 그런 의미가 있죠.'라고 홍얼거린다.

인생 선배들이 "모든 일에는 때가 있다."라고 말할 때가 자주 있었다. 당시는 내 입장을 몰라주고 충고만 하는 것 같아 서운했는데 지금은 그 말에 진심으로 공감할 수 있다.

때를 기다린다는 것은 터널 안을 걷는 것과 같다. 터널 안은 아무것도 보이지 않아서 불안과 공포, 두려움이 엄습한다. 그런 감정을 느낄 때 나는 나 자신에게 속삭이듯 노래해 준다. '그대여 아무 걱정하지 말아요. 지나간 것은 지나간 대로 그런 의미가 있죠. 우리 다 함께 노래합시다. 후회 없이 꿈을 꾸었다 말해요.'

요즘엔 출근하기 전에 먼저 내 마음을 돌본다. 내 존재에 대해 생각하고 내가 세상 누구보다 귀한 사람임을 인식한다. 내가 세상에 태어난 이유와 목적을 'Doing'(행동)이 아닌 'Being'(존재) 측면에서 생각하려고 노력한다. 행동보다 존재를 먼저 돌볼 때 내면의 힘이 생겨난다는 것을 PET 수업을 통해 배웠다.

수업에서 처음 이 두 단어를 듣고 충격을 받았던 기억이 난다. 주로 상담에서 Being은 '존재, 의미, 관계'에 관한 것을, Doing은 '행동, 결과, 보이는 것'을 가리키는데, 생각해 보니 내가 나를 보는 눈과 내 남편, 자녀를 보는 눈이 온통 Doing의 측면에서였다. 그러니 만족이 있을 리가 없었다. 그 뒤로 나는 나 자신을 먼저 Being의 측면에서 인식하고 남도 그렇게 바라보려고 노력한다.

살면서 듣게 될까 언젠가는 바람의 노래를
세월 가면 그때는 알게 될까 꽃이 지는 이유를
나를 떠난 사람들과 만나게 될 또 다른 사람들
스쳐 가는 인연과 그리움은 어느 곳으로 가는가

나의 작은 지혜로는 알 수가 없네
내가 아는 건 살아가는 방법뿐이야
보다 많은 실패와 고뇌의 시간이
비켜 갈 수 없다는 걸 우린 깨달았네
이제 그 해답이 사랑이라면
나는 이 세상 모든 것들을 사랑하겠네

《바람의 노래》 작사 김순곤, 작곡 김정욱

사랑이 해답이었다

자기 학문 분야에서 새로운 이론을 정립한 위대한 학자들의 공통점은 답을 찾을 때까지 그 문제를 자기 생각에서 놓지 않았다는 점이다. 그들은 심지어 꿈속에서조차도 문제를 생각하다 예기치 않은 곳에서 답을 찾기도 했다고 한다.

나는 학자도 아니면서 무슨 문제가 생기면 깊은 고민에 빠진다. 특히 사람과의 관계에서 문제가 생기면 더 많은 고민을 한다. 내가 문제를 놓고 이토록 고민하게 된 이유는 다른 어떤 것보다 내 시각이 변화한 데 있다.

앞에서 말한 것처럼 내가 나를 존재(Being)로 보기 시작하면서 내 주변에 있는 사람들을 모두 존재로 보기 시작했다. 하나님이 나를 사랑하시는 것처럼 다른 사람도 사랑하신다는 사실을 늘 염두에 두고 그들과 관계를 맺으려고 노력했다. 말 한마디에도 사랑을 담아 전달하고자 애썼다. 상대가 알든지 모르든지 그렇게 했다.

한 번은 나보다 나이가 네 살 많은 교사와 일을 하게 되었다. 그는 미술에 재능이 있는 사람이어서 어린이집 환경구성이나 미술 놀이는 모두 그가 주도했다. 그 교사는 자기가 없으면 어린이집 일과가 돌아가지 않을 것이라는 자신감을 서슴지 않고 드러냈다. 자만심에 가까운 자신감을 내비치는 것까진 괜찮다 치더라도 자신의 나쁜 기분을 말로 하는 대신 인상을 쓰거나 툴툴거리는 식으로 표현하는 데는 문제가 있었다.

나는 그녀에게 커피를 건네며 대화의 물꼬를 터보려는 노력도 해보았고, 친근하게 다가가 무슨 일이 있는지 물어보기도 했다. 진심으로 그의 이야기를 들어줌으로써 내가 그를 소중하게 생각하고 있다는 것을 알리고 싶어서였다. 그러나 내가 아무리 노력해도 그의 표현은 날이 갈수록 거칠어졌다. 그 후 나는 그녀가 강자에겐 천하없이 친절하고 약자에겐 자기 편한 대로 막대한다는 것을 발견했다. 그런 모습에 나는 크게 낙담되었다. 내가 그에게 쏟은 마음이 컸던 만큼 허탈감도 컸다.

또 한번은 이십 대 초반의 교사와 동료로 일하게 되었다. 중간관리자로 있다 보니 챙겨야 할 일이 많아 어느 날 교실에 늦게 들어간 적이 있다. 동료 교사는 나를 보더니 핏대를 세우며, "아예 들어오지 마세요! 나가세요!" 하였다. 나의 입장을 전혀 이해하지 못하는 그녀의 태도에 서운한 마음이 들었다. 나는 "선생님 내가 필요했구나!" 하며 대화를 이어갔다. 나는 내 입장을 이야기하며 서로 협력적으로 지내자고 이야기했지만, 그녀는 아무런 대꾸도 하지 않았다. 그날 그녀는 나를 유령 취급하는가 하면, 다른 동료들과 웃으며 말하다가도 내가 들어가면 굳은 표정으로 입을 다물었다. 상대에 따라 바뀌는 언어의 온도차를 확연히 느낄 수 있었다. 중간관리자로서 다른 교사들을 이해시키고 그들의 마음을 얻기란 참으로 어려웠다. 그들이 거르지 않고 뱉어내는 말에 상처를 입을 때마다 머리로는 그 사람을 존재로 보고 사랑하는 것이었지만 가슴에서 나가는 사랑은 진정한 사랑이 아니라는 것을 알기에 내 안의 괴로움은 커져만 갔다. 그런데도 나는 내가 옳다고 생각하는 것을 포기할 수 없었다. 노력의 결과가 바로 드러나지 않았기 때문에 밑 빠진 독에 물 붓기를 하는 나 자신이 바보같이 느껴져 자책하기도 했다.

한 번 찾아온 어두운 마음이 쉬 사라지지 않고 나를 괴롭힐 때면, 머잖아 문제에 잡아먹힐 것 같은 생각이 든다. 그럴 때 나는 자리를 박차고 일어나 산책을 하기 시작한다. 그러면 나도 모르는 사이 마음이 평안해진다. 나는 그 느낌이 좋아 별일이 없어도 산책을 자주 한다.

하지만 오늘은 걷고 또 걸어도 평안의 신호가 오지 않는다. 그때 한 지인이 문자 메시지를 보내왔다. 좋은 노래가 있어 보낸다며 노래 한 곡을 첨부했다.

노래가 재생되는 순간 나도 모르게 눈물이 왈칵 쏟아졌다. '살면서 듣게 될까? 내가 사람을 향해 가졌던 마음들을. 세월 가면 그 사람들은 알게 될까? 내가 알았던 것처럼 모든 것에는 때가 있다는 것을.'이라는 가사였다.

티끌처럼 작디작은 내가 이 우주보다 크고 복잡한 사람들의 마음을 만족시킬 수 있다고 믿었던 것이 잘못이었다. 그것은 이룰 수 없는 일이었다. 나는 결국 불가능한 일을 놓고 마음 상해하고, 남들이 내 마음을 몰라준다고 서운해했다. 나는 아니라고 부인했지만, 은연중에 '내가 노력한 만큼 알아주겠지.' 하는 마음이 있었던 것이었다.

그 노래가 나에게 해답을 말해주었다. '나의 작은 지혜로는 알 수가 없네. 내가 아는 건 살아가는 방법뿐이야. 보다 많은 실패와 고뇌의 시간이 비켜 갈 수 없다는 걸 우린 깨달았네. 이제 그 해답이 사랑이라면 나는 이 세상 모든 것들을 사랑하겠네.'

그 순간 쏟아졌던 눈물이 씻기는 기분이 들었다. 그리고 나는 그동안 내가 문제의 답을 찾고자 얼마나 많은 고뇌를 했는지 깨달았다. 학자들이 찾고 찾던 해답을 마침내 찾아냈을 때 무릎을 '탁' 치며 환희하는 순간의 기쁨이 어떤 것인지 알 것 같았다.

해답은 사랑이었다. 머리와 가슴이 일치하지 않아 괴로웠던 나에게 일치가 이뤄지는 순간이었다. 그리고 내가 가진 신념이 틀리지 않았다는 믿음이 다시 회복되면서 혼란스러운 마음은 사라졌다. 그때 비로소 자연이 보내오는 평안의 신호를 들을 수 있었다.

사랑은 대가를 바라지 않는 것이다. 사랑은 상대의 반응에 좌우되지 않는 것이다. 사랑은 그냥 내게서 나가는 밝은 빛일 뿐이다.

그때부터 나는 '그 사람이 어떻게 그럴 수 있지?'라는 의문문 대신 '그 사람은 그런 사람이구나!'라는 감탄문으로 생각할 수 있게 되었다. 이제 나는 그가 누구이든지 그를 사랑받기 위해 태어난 존재로 인식하며 사랑하는 것만이 해답임을 자신 있게 말할 수 있다. 그리고 그 해답이 사랑이라면 나는 '이 세상 모든 것들을 사랑하겠다'라는 비장한 각오를 해본다.

I won't be silenced.
난 침묵하지 않을 거야
You can't keep me quiet
넌 날 조용히 시킬 수 없어
Won't tremble when you try it
네가 그러려고 해도 난 떨지 않을 거야
All I know is I won't go speechless
분명한 건 난 침묵하지 않을 거라는 거
Speechless
침묵하지 않을 거야

《Speechless》〈알라딘 OST〉 중

말하는 것보다 참는 게 편해

나는 내 감정을 말로 표현하는 것이 어렵다. 나와 같은 어려움을 겪는 사람이 얼마나 될까?

우리는 보통 '말을 배운다.'라고 한다. 아기는 태어나서 옹알이를 시작으로 양육자와 소통을 통해 일정 개월 수가 되면 들은 말을 따라 하기 시작한다. 아기의 언어발달은 18개월 무렵이 되면 소위 말문이 트인다고 알고 있다. 이렇게 부모로부터 말을 배우다가 초등학교에 들어간다.

아이가 초등학교 입학하고 학교에서 국어책을 받아왔던 기억이 난다. 초등학교 국어는 말하기, 듣기, 읽기, 쓰기로 구분되어 있었다. 그만큼 말하기는 정규 교육과정 중 과목으로 구분하여 가르칠 만큼 중요한 부분이다. 어찌 보면 말하기는 어릴 적부터 배우고 익혀 삶 속에서 적절하게 사용해야 하는 삶을 살아가는 데 필요한 중요한 수단과도 같아 보인다.

어릴 적부터 말을 배웠고 지금껏 말을 하고 살아왔는데 인제 와서 말을 못 한다니 어처구니없지 않은가? 좀 더 정확하게 말하자면 나는 내 감정과 생각을 상대방에게 언어로 정확하게 표현하는 것이 어렵고 때론 고민스럽기도 하다.

특히 말을 해서 상대방이 불편할 거 같은 이야기, 말을 하면 본전도 찾지 못할 거 같은 이야기, 말을 해서 관계가 틀어질 거 같은 이야기는 더욱더 하기 어려워 그저 꾹 참았다. 오히려 참는 게 편하기도 했다. 그런가 하면 가족 간에는 꾹 참다가 욱하고 터지기 일쑤였고.

가만히 나를 들여다보니 나는 내 감정과 생각보다 관계를 중요하게 생각하는 사람이고, 그 관계가 깨지는 것을 무척 힘들어하는 사람이었다. 언뜻 보아도 관계에 목메는 사람 같아 보인다.

어릴 적 나는 항상 남의 시선을 의식하고, 남의 표정을 살피며, 행여 부모님이 떠날세라 부모 옆에 딱 붙어 나보다 부모님 기분 맞추는데 촉각을 곤두세웠다. 부인할 순 없다. 내가 소중한 존재라는 걸 깨닫지 못했다면 여전히 나는 하던 대로 말하며 반복적으로 후회했을 것이다. 이제 나는 거기에 머물러 있지 않다. 나는 소중한 사람이니까.

말을 잘한다는 건 무엇일까? 내가 생각하기에 말을 잘하는 것은 관계가 훼손되지 않고, 내 생각과 감정을 잘 전달하는 것이다.

나는 그것이 너무 어렵기만 했다. 이렇게 오래된 내 고민에 대한 해결책을 부모교육을 받으면서 찾을 수 있었다. PET를 배우며 말하는 것에도 방법이 있다는 것을 알게 되었다.

규칙, 규범 살면서 지켜야 할 것들이 셀 수 없이 많은데, 거기에 한술 더 떠서 말할 때도 기술이 있다니. 내 입 가지고 내가 말하는데 무슨 기술이 필요하단 말인가? 말 그냥 하면 되지. 처음엔 황당했지만 좋은 대화를 하고 싶은 나는 사실 갈증을 느끼고 있었다.

많은 PET 강의내용 중 내게 지금도 생생한 울림처럼 들리는 말이 있다. 강사님이 양해를 구하고 용서하고 들어달라던 그 말 "여러분, 터진 입이라고 함부로 말하지 마세요." 내가 지금까지 말하던 습관대로, 걸러지지 않고 내뱉던 대로 말하지 말라는 것이다.

그럼 어떻게 말해야 할까? 일단 상대방과 대화가 원활하게 되지 않을 때 누구의 감정이 힘든지 구분하여 본다. PET에서는 이것을 '문제 소유 가리기'라고 말한다. 상대방의 감정이 힘들다면 나는 상대방의 이야기를 들을 차례이고, 내 감정이 힘들다면 내가 상대방에게 말할 차례이다.

'반영적 경청'은 상대방의 감정이 힘들 때 상대방의 말을 듣고 그 감정을 추측해서 전달하는 것이고, '나-전달하기'는 상대방의 어떤 행동으로 내 감정이 힘들 때 내 상태를 알려주는 알리미 서비스이다.

처음엔 내가 해왔던 말 습관이 있어 '반영적 경청'도 '나-전달하기'도 어색하고 어려웠다. 말이 쉽지 생각처럼 되지 않았다. 어떤 것을 배우고 익히면서 처음부터 잘하는 사람은 없다. 연습을 통해 배운 내용을 내 것으로 만드는 것이다. 말하기도 마찬가지였다. 처음엔 겨우 한 번 할 수 있었다. 감정표현을 잘해본 적이 없는 나는 내 감정을 정확하게 찾아내는 것도 어려웠다. 그런데 의식적으로 연습의 연습을 거듭했다. 연습하면 된다는 말을 굳게 믿었다. 간신히 가정에서 아이들에게 한 번 할 수 있었던 것이 횟수가 늘고 범위가 확장되어 이제는 내가 맺고 있는 모든 인간관계에 적용하고 있다. 처음부터 잘하는 사람은 없다. 나는 말하기도 연습이 필요하고, 연습하면 되는 것을 경험했다.

사람 사는 세상에서 문제는 항상 있다. 그동안 나는 문제가 발생했을 때 참는 것이 능사라 생각했다. 말하기 연습을 하고 있던 어느 날 디즈니 영화 〈알라딘〉 OST 중 《Speechless》를 들으며 마음이 후련해지는 것을 느꼈다. 자스민을 향한 응원의 박수는 곧 나를 향한 응원이었음을 발견했다.

《Speechless》는 여자라는 이유로 권리를 박탈당한 여주인공 자스민이 억압에 맞서겠다는 의지와 불합리한 것에 맞서 당당히 목소리를 내겠다는 곡으로, 가사 중 이런 내용이 있다.

노래를 들을 때마다 나는 다짐하게 된다. 관계가 어그러질까 두려워 참았던 생각과 감정을 이제는 지혜롭게 말해보겠노라고. 잘될 때까지 연습하며 해보겠노라고. 그래서 좋은 관계 유지는 말할 것도 없고, 서로 존중함으로써 함께 성장할 뿐만 아니라 문제 해결까지 덤으로 챙겨보겠노라고. 거기에 이 좋은 것을 함께 누려 보겠노라고.

난, 난 꿈이 있었죠 버려지고 찢겨 남루하여도
내 가슴 깊숙이 보물과 같이 간직했던 꿈

혹 때론 누군가가 뜻 모를 비웃음
내 등 뒤에 흘릴 때도
난 참아야 했죠 참을 수 있었죠 그날을 위해

늘 걱정하듯 말하죠 헛된 꿈은 독이라고
세상은 끝이 정해진 책처럼
이미 돌이킬 수 없는 현실이라고

그래요 난, 난 꿈이 있어요
그 꿈을 믿어요 나를 지켜봐요
저 차갑게 서 있는 운명이란 벽 앞에
당당히 마주칠 수 있어요

언젠간 나 그 벽을 넘고서
저 하늘을 높이 날을 수 있어요
이 무거운 세상도 나를 묶을 순 없죠
삶의 끝에서 나 웃을 그날을 함께해요

《거위의 꿈》 작사 이적, 작곡 김동률

꿈 너머 꿈

오롯이 나를 위해 돈을 쓴다는 건 내겐 상상 속의 이야기다. 상상만 하다 접는 일이다. 불혹을 훌쩍 넘기고도 나는 아이 학원 하나 보내려면 가계부를 먼저 꺼내 든다. 네 식구 빠듯하게 사는 살림살이에 나를 위한 투자는 늘 2순위, 3순위였다.

지인들이 공부를 시작했다거나 취미로 운동이나 악기, 요리를 배운다고 하면 왜 그렇게 부러운지…. 내겐 꿈같은 이야기라 생각했다.

부모교육을 받으면서 큰 도움을 받은 나는 PET 강사가 되어서 나 같은 사람들을 도와주는 일을 하고 싶어졌다. 한국 심리상담연구소 사이트에 들어가 PET 강사과정을 알아보았다. 강사 자격을 얻으려면 기본과정과 심화과정, 강사과정을 거쳐야 하는데 단계마다 들어가는 시간과 비용이 만만치 않았다. 이 나이에 공부를 시작해 내가 꿈꾸는 강의를 하면서 수입까지 창출할 수 있을까? 생각하면 할수록 답은 '아니올시다'였다. 배움의 갈망을 마음 창고에 꾹꾹 쑤셔 넣을 수밖에 없었다.

그런데 PET는 마술 상자였다. 딱 한 번 배운 내용을 어린이집 아이들에게 적용했더니 아이들이 달라지는 것이 나는 너무 신기했다. 내 안에는 다른 부모들도 PET를 통해 자녀와 좋은 관계를 맺게 해주고 싶다는 마음이 점점 더 커졌다. 그래서 나는 자녀 양육의 어려움을 호소하는 학부모들에게 PET의 핵심내용만 간추려 소개했다. 그리고 내가 처음에 학부모 연수로 PET를 배운 후 집으로 돌아와 아이에게 사용했으나 전혀 먹히지 않았던 경험도 그들에게 이야기해 주었다. 그런 일들이 있을 때마다 PET 강사가 되고픈 열망이 다시 일어났지만 주어진 여건을 뚫고 나갈 힘이 내겐 부족했다. 이번에도 내 갈망의 불씨는 환경을 뛰어넘지 못하고 사그라들었다.

그러던 어느 날 한 목사님의 설교를 듣게 되었다. 육십을 바라보는 목사님이 10년 후나 20년 후의 자신의 인생이 더 기대된다는 말씀을 하셨다. 그 말씀은 내 가슴에 깊은 울림을 남겼다. 그 연세에도 꿈이 있는 것과 앞으로의 인생을 기대하고 계시는 것이 너무 부러웠다. 나는 나 자신에게 다시 물어보았다. 나는 무엇이 하고 싶은가? 나는 어떤 사람이 되고 싶은가?

나는 마음의 창고를 열고 내가 하고 싶었던 일들을 꺼내 보았다. PET 강사, 상담사가 내가 하고 싶었던 일들이었다. 그 일을 통해 마음이 아픈 사람, 희망이 없는 사람, 자신이 누군지 몰랐던 사람이 자신을 발견하고, 자신이 소중한 사람이라는 것을 알고 행복하게 살도록 돕는 것이 내가 하고 싶은 일이었고, 내가 살면서 받은 사랑을 다른 사람에게 흘려보내는 사람이 내가 되고 싶은 사람이었다.

그렇다. 거위의 꿈 가사처럼 오래전부터 내겐 꿈이 있었다.

내 현실을 볼 때 도저히 그려지지 않는 그림이라 막연히 '그런 사람이 되고 싶다.'라는 희망으로만 자리했던 꿈이었다. 내가 받은 사랑을 나 혼자 잘 먹고 잘사는 데만 사용하지 않고 필요한 사람에게 흘려보내는 사람이 되고 싶은 꿈이었다.

이제 그 꿈을 희망이라는 이름으로 묶어두지 않고 꿈이라는 이름으로 펼치기로 마음먹는다. '그 꿈을 믿어요. 나를 지켜봐요. 저 차갑게 서 있는 운명이란 벽 앞에 당당히 마주칠 수 있어요.' 하고 노래해 본다. 이제 나는 그동안 나를 주저앉게 했던 형편에 얽매이지 않고, 당당히 맞설 수 있는 마음의 힘이 생겼기에 자신 있게 다음 가사를 노래할 수 있다. '언젠간 나 그 벽을 넘고서 저 하늘을 높이 날을 수 있어요. 이 무거운 세상도 나를 묶을 순 없죠. 삶의 끝에서 나 웃을 그날을 함께해요.'

꿈은 현실을 사는 내게 미래를 바라볼 수 있는 눈을 주었다. 그 눈은 마침내 삶의 끝에서 내가 웃는 그날에 모두가 함께 웃는 아름다운 해피엔딩이다. 그것이 내가 품은 꿈 너머 꿈이다.

나처럼 남편에게도 꿈이 있다. 남편은 보육원을 세워 버려지는 아이들과 부모 없는 아이들에게 보금자리를 만들어주고 싶어 한다. 남편도 나처럼 받은 사랑을 돌려주는 삶, 함께 더불어 행복한 삶을 살기를 소망하기 때문이다.

남편과 나는 성격과 기질이 달라도 너무 다르다. 하지만 꿈 이야기를 나눌 때 우린 같은 곳을 보고 있다. 꿈 이야기는 남편과 내 시선을 조리개처럼 모아주어 가슴을 뛰게 하고, 벅찬 감격으로 채워주고, 살아야 할 이유를 찾아준다.

나는 남편과 시시콜콜한 이야기부터 가슴속 깊이 간직한 이야기까지 모두 하는 터라 남편은 내가 하고 싶어 하는 일에 대해 잘 알고 있고, 무엇을 고민하는지도 알고 있다. 그날도 나는 남편에게 꿈 이야기를 했다. 남편은 돈 걱정으로 꿈을 향해 발을 내딛지 못하는 내게 "한 번 해봐.", "너 하고 싶은 대로 마음껏 해봐!" 하였다. 남편의 그 한마디는 마른 가뭄 끝에 내리는 단비 같았고, 사막에서 오아시스를 찾았을 때의 환희 같았다. 남편이 보내 주는 지지는 천군만마와 같았다. 남편에게서 말할 수 없는 힘과 위로를 얻은 나는 그동안 하고 싶었던 PET 강사과정은 물론 동화심리상담사 과정을 시작하기로 결심했다.

보통 남편을 인생의 동반자라고 표현한다. 동반자는 어떤 행동을 할 때 짝이 되어 함께하는 사람이라는 뜻인데, 나는 이 말을 들으면 2인3각 경기를 하는 두 사람이 떠오른다. 남편과 나는 '우리'라는 이름으로 꿈 너머 꿈을 향해 가는 2인3각 경기를 끝까지 완주할 것이다.

소중한 나를 가꾸는 삶

나에게 말 걸어주기

인생은 녹록하지 않다. 육체적 피곤함, 감정의 널뛰기, 해결해야 할 일들이 대기 번호표를 뽑고 기다리는 손님처럼 찾아오고, 불쑥불쑥 찾아오는 두려움, 크고 작은 걱정과 근심에 짓눌리기도 한다. 순풍에 노 저어 가는 배 같은 항해를 꿈꾸어도 풍랑 만난 난파선 마냥 이리 휘청 저리 휘청하는 게 인생이다.

이렇게 고단한 인생을 살아내는 사람은 참으로 대단한 사람이다. 현재 어떤 삶을 살고 있느냐를 논하기 전에 누구를 막론하고 오늘을 숨 쉬며 견디는 그 사람은 소중한 사람이다.

숨 쉬는 사람은 내일이 있는 사람이다. 그 말은 곧 그의 내면에는 어떤 한 가지라도 변화의 가능성이 꿈틀거리고 있다는 사실이다. 그리고 그 가능성을 끌어내는 것은 나 자신만이 할 수 있는 일이다. 주체인 내가 없으면 할 수 없는 일이기에 오늘을 숨 쉬는 나는 그것만으로 수고하고 애썼다고 나 자신을 진심으로 토닥이며 안아주고 싶다.

어릴 적부터 혼자 자란 내겐 깊은 외로움이 자리하고 있었다. 그 외로움은 어느 날엔 두려움도 몰고 왔다.

나에겐 외로움이 밀려오는 순간이 있었다. 외로움은 나도 모르게 찾아오기도 했지만, 어느 날은 내가 외로움 안에 들어가 있기도 했다. 시작은 사색이었는데 시간이 흐르면서 사무치는 외로움으로 바뀌곤 했다.

그러는 사이 나는 외로움이 나를 부르는 신호임을 감지하게 되었다. 그 후로부터 외로움이 찾아오는 시간은 나를 만나는 시간, 내 안에 있는 나를 찾는 시간이 되었다. 처음엔 나 자신과 대화했고, 신앙을 가지면서부터는 하늘 아버지와 대화했다. 지금 돌아보니 나를 만나는 그 시간을 통해 나는 그 외로움을 견뎌낼 수 있었다.

누구나 살다 보면 불현듯 자기 자신을 만나는 시간이 있다. 점과 점이 만나 꼭짓점을 만들고 꼭짓점을 이어 도형을 완성하듯 나도 내 안의 나를 만나는 지점이 있었다. 나에겐 그 점이 외로움, 두려움, 근심, 걱정, 고통, 고난의 순간이었다. 그리고 그 점을 만났을 때 나는 나 자신과 일방통행이 아닌 쌍방통행의 대화를 하고자 했다.

내가 말하는 일방통행은 꼬리에 꼬리를 물고 나를 비난하고 비하하면서 나에게 상처를 주는 시간이라면 쌍방통행은 나를 인정해 주고 세워주면서 나에게 힘을 실어주는 시간이다.

나 자신과 만나는 시간이 처음부터 쌍방통행이었던 것은 아니다. 내가 나를 제대로 보지 못하고 귀하게 여기지 못했을 때는 그저 막무가내식 일방통행이었다. 일방통행을 하고 있을 때는 나를 만나는 시간이라기보다는 나를 평가하고 판단하는 시간이었기에 나란 존재는 그저 초라하고 작게만 느껴졌다. 어디에서도 내 존재가 가치 있고 소중하다는 걸 찾을 수가 없었다. 그러나 내가 쌍방통행을 시작한 후로는 나 자신을 다독여주며 자존감도 자신감도 높일 수 있었다.

나도 타인도 이미 위대한 사람이니 나를 만나는 쌍방통행의 시간을 오롯이 나를 존중해주고 앞으로 살아갈 나를 응원하는 목적으로만 사용해 보고 싶다. 그것이 내가 생각하는 '나를 소중하게 대하는 방법'이다.

내가 나를 소중한 사람으로 생각하지 않으면 세상도 나를 그다지 소중하게 생각하지 않는다. 잠시 잠깐은 공감이나 위로를 주고 애도를 해줄지 모르지만, 그것은 시간 지나면 사그라드는 불꽃과 같다. 나를 가장 소중하게 생각할 수 있는 사람은 오직 나 한 사람뿐이다. 누가 뭐라고 해도 나는 소중한 사람이다. 출생, 재산, 환경, 가족, 학벌이 내 존재를 좌지우지할 수 없다. 나는 그냥 나로 충분한 사람이다. 그러니 지금까지 내가 나를 불렀던 부정적인 수식어들은 미련 없이 모두 던져버리고 여기까지 걸어오느라 수고한 나를 인정해 주고 격려해 준다.

이제 나는 나를 향한 잣대를 조금 느슨하게 풀어본다. 결과에 집중하기보다는 그 과정을 지나온 나를 보고 "이만큼 한 것도 잘했어!"라고 말해준다. 쉽지 않을 때도 있다. 암암리에 스며든 부정적인 수식어들이 튀어나와 나를 좌절시키려고 한다. "야! 잘하긴 뭘 잘해. 그것밖에 못 했냐? 남들은 그것보다 더 잘해!" 하고 말이다.

그때가 바로 쌍방통행을 해야 할 시간이다. "너니까 이만큼 한 거야. 네가 거기에 쏟은 마음을 봐. 진심을 쏟아부었잖아." 하고 말이다. 일의 크기와 영향력에 비례하여 내 안에서는 부정적인 반응들이 일어나 나를 무너트리려 했다. 그러나 나는 시종일관 '내가 소중한 사람'이라는 것을 놓지 않고 마지막 마무리까지 나 자신을 세워갔다.

이런 내면의 대화를 나는 시도 때도 없이 한다. 특히 산책하는 시간은 마음과 생각에 여백이 큰 만큼 상대적으로 유연성이 커지는 시간이다. 나는 이 시간을 놓치지 않고 "선화야, 여기까지 오느라 수고했어. 너라서 여기까지 올 수 있었어. 오늘 어떤 일이 있을지 알 수 없지만, 너라면 잘할 수 있어." 하고 말한다. "내가 정말 잘할 수 있을까?" 하고 되묻는 소리가 들리면 "그럼! 너는 선화잖아!" 하고 쐐기를 박는다.

나는 지속적으로 나 자신과 소통하면서 내가 나를 소중한 사람으로 선언하고 나를 함부로 대하지 않고 귀하게 여기며 살아가고자 한다. 그리고 그 시간을 통해 나를 성찰하며 더 가치 있는 삶의 여정을 가꿔나가고 싶다.

오늘을 숨 쉬는 나에게, 그리고 같은 하늘 아래서 숨 쉬고 있는 모든 사람들에게 진심을 담고 담아 "오늘도 정말 수고했어요. 당신이기 때문에 할 수 있었어요. 당신은 정말 소중한 사람이에요."라고 말해본다.

내 안의 욕구 따라가기

인간에게는 욕구가 있다. 겉으로 드러난 욕구도 있지만 내면 깊은 곳에 잠재된 욕구도 있다. 나를 소중하게 생각하는 사람은 내가 가진 욕구를 알아 차려주는 사람이다. 즉 나를 들여다보며 나를 돌보아 줄 수 있는 사람이다. 내 감정에 충실하되 내 감정 이면에 어떤 욕구가 숨겨져 있는지 찾아가는 일이야말로 나를 사랑하고 진짜 나를 발견해 가는 과정이라는 생각이 든다.

윌리엄 글래서William Glasser 박사에 따르면 인간은 태어나면서부터 5가지 기본 욕구를 가지고 태어난다고 한다. 모든 인간은 욕구에 따라 행동하고 욕구를 충족하기 위해 존재한다는 것이다. 기본적인 욕구가 잘 충족되는 사람은 건강과 행복감을 느끼지만, 기본적인 욕구를 충족시키지 못하는 사람은 불행감을 느낀다고 한다. 따라서 자신이 현재 무엇을 원하는지 분명하게 인식하는 것이 필요하다는 것이다.

처음 5가지 욕구에 관한 이야기를 접했을 때 나는 수많은 학자가 자신이 발견한 이론을 만천하에 알리며 자신의 업적을 남기려는 일 중의 하나 정도로 여기며 귓등으로밖에 듣지 않았다. 그냥 '그래, 그런 게 있나 보다. 잘 적용해서 나쁠 것 있겠어?' 정도로만 생각했다. 참 어리석었다. 이런 내게 변화가 생겼으니 얼마나 감사한지 모른다. 이제 나는 내 안에서 감정이 일어날 때 감정을 마주하며 감정을 불러일으킨 욕구까지 알아차리고자 한다.

쉼이 있는 주말이 나는 좋다. 출근이라는 부담 없이 새벽 시간을 즐길 수 있어 좋고, 시간을 내 마음대로 쓸 수 있다는 것도 좋다. 새벽 2시에 일어나 책을 보다가도 졸음이 쏟아지면 소파에 누워 스르르 잠이 든다. 그러다 잠이 깨면 커피를 내리고 음악을 듣기도 하고 리모컨을 손에 쥐고 채널을 돌리다 마음에 드는 프로그램 속으로 푹 빠지기도 한다. 주말 새벽 시간은 내게 힐링 포인트가 된다. 이렇게 주말 새벽 시간을 좋아하는 내게 어떤 욕구가 있는지 탐색해 보았다. 시간의 구속을 당하지 않는 나는 자유의 욕구를 누리고 있었고, 음악과 책, 커피, 텔레비전을 통해 즐거움의 욕구도 채울 뿐만 아니라 책을 읽음으로써 지혜도 얻고 내면의 단단함도 생기니 힘의 욕구까지 충족되었다. 나는 이런 욕구들이 충족될 때 행복감을 느낀다는 걸 알아차리게 되니 내가 나를 대하는 것이 훨씬 수월해졌다.

최근엔 이런 일도 있었다. 지인이 키우던 개가 새끼를 낳았다. 남편은 시골에 홀로 계신 아버님의 적적함을 달래 드리고자 새끼강아지를 데리고 왔는데 벌써 7년째 우리 가족과 함께하고 있다. 보더콜리와 진돗개의 믹스견으로 몸 전체가 까만색인데 가슴과 발에만 하얀 털이 있어 '깜이'라고 이름을 지었다. 깜이는 현관문의 번호키를 누르는 소리만 들리면 자다가도 벌떡 일어나 문 앞으로 달려간다. 그리고 주인이 문을 열 때까지 문에 코를 대고 꼬리를 흔든다. 마침내 문이 열리면 주인에게 올라타며 주인이 아는체해줄 때까지 혀로 핥기 시작한다. 그야말로 '주인 바라기'이다. 깜이의 애정 공세가 이 정도이다 보니 아이들은 모두 깜이를 끔찍이 사랑한다. 외출하고 돌아오면 항상 깜이 먼저 쓰다듬고 안아주며 "어구, 어구, 우리 깜이" 하며 깜이 못지않은 애정 표현을 한다. 깜이와의 찐한 상봉이 끝나고 나면 내 차례가 오는데 아이들은 나를 안아주는 둥 마는 둥 하는가 하면 어떤 날은 "다녀왔습니다." 하고 그냥 쓱 지나가 버린다. 그런 날이 많아지자 나는 점점 서운해지기 시작했다. 하교 후 돌아온 아들이 깜이를 쓰다듬고 있을 때 "아들, 엄마는?" 하자

"에구, 샘쟁이 우리 엄마!" 하며 등을 몇 번 토닥인 후 방으로 들어가는 것이었다. 그 순간만큼은 내가 깜이에게 밀린 것이다.

나는 '아이들이 깜이를 반기고 사랑하듯 나에게도 애정을 표현해 준다면 얼마나 좋을까? 나는 왜 서운함을 느끼는 것일까?' 하고 자문해 보았다. 그리고 나는 깨달았다. 내 안에는 엄마로서 가족들에게 사랑받고 싶은 '사랑과 소속의 욕구'가 있었다는 것을. 이런 나의 욕구를 알게 되니 무작정 서운해할 일도 토라지거나 뾰로통해질 일도 아니었다. 알아차린 나의 욕구를 가족들에게 알린다면 한결 가벼워지고 수월하게 해결될 일들이었다. 어디 가족들 안에서만 그럴까? 내가 속한 직장이든 단체이든 욕구를 알아차리는 것은 나를 위해 꼭 필요한 것이었다.

올 추석에 있었던 일이다. 명절을 맞이해 시누이들이 집에 오셨다. 아침을 먹은 후 남편은 아울렛에 가자며 나갈 준비를 하라고 했다. 나는 지난 설에도 누님들을 모시고 아울렛에 갔던 일이 생각났다. 그때 남편은 누님들에게 파카와 원피스를 사드렸다. 무심한 듯 선물했지만, 그날 남편은 무척 기뻐했다. 기뻐하는 남편을 보니 나도 흐뭇했다.

아울렛에 도착한 남편은 누님들을 모시고 신발 매장에 들어갔다. 남편은 누님들에게 이런저런 신발을 권하며 골라보라고 하였다. 두 분 누님이 별 반응을 보이지 않자, "그럼 옷 필요해?" 하고 매장을 나왔다. 매장을 나온 누님들은 "우린 살 것 없어!

우리 사주려고 하지 말고 아이들 필요한 거 사줘." 하셨다. 남편의 몇 차례 권유에도 누님들은 같은 대답을 하셨다. 이후 쇼핑은 냉기가 감돌았고, 쇼핑 후 가자던 카페도 가지 않고 집으로 돌아온 남편은 피곤하다며 방으로 들어갔다.

나는 남편의 마음을 생각해 보고 남편에게는 어떤 욕구가 있었는지 반추해 보았다. 남편이 누나들과 함께 쇼핑하고 싶었던 데는 즐거움의 욕구와 사랑·소속의 욕구가 작용하고 있었다. 그리고 누나들에게 선물을 해주어서 자신의 능력을 과시하고 싶은 힘의 욕구도 있었다. 누나들이 선물을 고르면서 행복해하고 선물을 산 후 기뻐하는 모습을 동생인 남편은 보고 싶었다. 그런 남편의 욕구가 좌절된 것이다. 남편의 욕구를 알게 되자 남편의 행동이 이해되기 시작했고 측은한 마음마저 들었다. 그리고 다음에 또 이런 기회가 있다면 좀 더 적극적인 자세로 남편의 마음을 알아주고 행동해 보고 싶었다. 더불어 나의 욕구를 알아차릴 줄 아는 사람은 다른 사람의 욕구를 충족시킬 권리도 존중하며 돕게 된다는 것을 알게 되었으니 앞으로 차근차근 연습해 보려 한다.

천하보다 귀한 건강

"위암 말기입니다." 드라마에서 의사가 보호자에게 이렇게 말하는 것을 볼 때면 흠칫흠칫 놀라곤 했다. 드라마 속 대사로만 알았던 사형선고와 같은 소식들을 요즘 자주 접하게 된다. 최근에도 지인의 남편이 위암 말기 선고를 받고 몇 개월 만에 가족들 곁을 떠나는 안타까운 소식을 들었다. 이런저런 이유로 유명을 달리하게 된 사람들 소식에 경각심을 가지게 된 나는 지인들과 통화를 하게 되면 제일 먼저 건강을 묻고, 마무리 역시 건강 잘 챙기라는 인사와 함께 건강검진 꼭 받으라는 당부도 잊지 않고 하게 되었다.

삼십 대 초 위장장애로 내과 진료를 받았을 때 나는 빈혈 수치가 정상 범주에서 많이 벗어났다는 말을 듣게 되었다. 빈혈의 원인을 찾기 위해 내원한 산부인과에서 의사로부터 자궁선근증 진단을 받게 되었다. 자궁선근증은 자궁으로 비정상적으로 침투한 자궁내막 조직이 주위의 자궁근층 성장을 촉진하여 마치 임신 시 자궁이 커지는 것과 유사한 결과를 나타내면서 생리 과다와 심한 생리통 증상을 보이는 질병이라고 했다. 일상생활이 어려울 만큼 생리량이 많고 극심한 생리통으로 시간 맞춰 진통제를 복용해야 했던 이유를 그제야 알게 되었다. 해가 갈수록 생리통은 다양해지고 정도가 심해져 갔다. 어떤 달은 복통과 설사로 어떤 달은 근육통과 매스꺼움으로 침대를 찾아 눕기 바빴다. 생리 기간이 열흘이 넘으니 몸은 지치고 과다 출혈로 기운이 빠지기 일쑤라 철분제는 내가 스스로 챙기는 필수의약품이 되었다. 이쯤 되니 건강을 챙기는 일이 갈수록 절실해지고 있다.

요즘은 한 번씩 아프면 옴팡지게 앓고 난 후에야 조금씩 몸이 호전되는 걸 느낀다. 호전 속도가 얼마나 더딘지 이러다 어떻게 되는 건 아닌가 하고 가슴이 철렁하기도 한다.

최근에 어린이집 아기들이 차례로 감기에 걸린 적이 있다. 예전엔 거뜬하게 넘어갔었는데 이번엔 나도 따라 기침이 나고 머리가 아프기 시작하더니 한순간에 목소리를 잃었다. 그러더니 급속도로 몸 상태가 곤두박질치기 시작했다. 의지적으로 정신력을 발휘하여 버텨보려 했지만 그러면 그럴수록 몸은 땅으로 꺼지는 것 같았다. 몸이 마음처럼 되지 않으니 기분까지 엉망이 되었다. 내 몸인데 내 몸 같지 않으니 무얼 하고 싶은 마음도 일어나지 않고, 겨우겨우 마음을 먹어도 몸이 따라주지 않는 것에 자포자기하는 일을 반복하다 보니 어느 날은 짜증이 나기도 하고 어느 날은 화가 치밀어 올랐다. '내가 왜 이러지?' 하는 생각으로 우울해지기도 했다. 왕년의 내겐 감기가 질병 축에도 끼지 못했었는데 감기로 골골대고 있는 나를 보니 보고도 믿기지 않는 현실에 '이것이 나이 먹는 건가?' 싶었다.

나이를 불문하고 건강은 지켜야 한다. 그것은 소중한 나에 대한 예의이기도 하다. 내 몸이라고 함부로 써도 안 될 일이지만 무관심이나 방관적 태도도 옳지 않다. 소중한 나를 위해서라면 내가 먼저 건강을 지키고 챙기는 것이 필요하다. 내가 없는 세상이 무슨 소용이 있단 말인가? 지인들을 떠나보내고 남겨진 가족들을 보며 그런 생각을 하게 되었다. 특히 부모의 손길이 필요한 자녀들이 있는 경우 더 많은 생각이 교차하였다.

'천하를 얻고도 건강을 잃으면 아무 소용이 없다.'라는 속담을 상투적인 말로 생각하지 않고 건강을 지키기 위해 내가 할 수 있는 투자가 무엇인지 생각해 보았다. 자신의 나이에 적합한 생활수칙이나 운동으로 건강을 지키는 것은 단순히 건강만을 위한 것이 아니라 아름다운 내가 행복한 내일을 만들기 위한 자원이 될 것이기에 충분한 투자가치가 있는 것이다. 건강을 지키는 것 또한 '소중한 나를 대하는 방법' 중 하나였다.

나는 내 형편을 고려하여 '나만의 건강 지키기' 방법을 생각해 보았다. 기왕이면 내가 좋아하는 일이었으면 좋겠고, 생활 속에서 쉽게 실천할 수 있고, 지속 가능한 일이어야 했다. 처음부터 많은 시간을 배정해 놓고 실천하려면 지속하는 데 어려움이 있을 것 같아 매일 아침 20분 걷기 운동을 시작했다. 나는 매일 새벽에 일어나기에 아침 시간에 여유가 있기 때문이다. 그리고 설거지를 할 때 제자리에서 뒤꿈치를 올렸다 내렸다 하는 운동을 하고, 커피를 내릴 때 물을 붓고 커피가 내려지는 시간에 스쿼트를 한다. 시도를 해보니 커피 한 잔을 내릴 동안 나는 백 개의 스쿼트를 할 수 있었다. 또 화장실을 갈 때도 스쿼트를 삼십 개씩 하고 나온다. 그리고 큰 텀블러를 갖고 다니며 하루에 2리터 이상의 물을 마신다.

먹는 것도 기상과 함께 미지근한 물을 한 잔 마시고, 공복에 유산균을 챙겨 먹는다. 아침은 간단하게 먹되 거르지는 않는다. 식사를 최대한 천천히 하되 식사의 순서를 될 수 있는 대로 채소, 단백질, 탄수화물 순서로 하려고 한다.

"오늘 내가 한 일이 나를 지켜줄 것이다."라는 격언처럼 오늘 내가 소소하게 실천한 일들이 훗날 내 건강을 지켜주는 위대한 일이 될 것이다. 내가 지켜 낸 건강으로 나는 소중한 내 삶에 예쁜 꽃을 피울 것이다.

나에게 주는 선물

아이들은 생일을 기다린다. 비단 아이들만이 생일을 기다리는 것은 아닐 것이다. 새해 달력을 받는 날이면 나는 가족과 지인들의 생일을 정성스럽게 기록한다. 생일 날짜에 동그라미를 치며 소중한 사람들을 기억하고 그들을 향한 고마운 마음을 전하고 싶은 마음도 함께 담아 보는 일이 달력을 받고 내가 가장 먼저 하는 일이다.

해가 바뀌는 날 정성스럽게 표시한 달력을 온 가족이 볼 수 있는 곳에 비치해 놓으면 아이들은 어김없이 달력을 들추며 자신의 생일을 찾곤 했다. 그리고 자신이 받고 싶은 선물을 이야기한다. 내일모레면 고등학생이 되는 아들은 보름 이상 남은 자신의 생일날 받고 싶은 선물을 이야기하며 부푼 기대감을 감추지 못했다. 아들은 생일보다 선물에 마음을 빼앗긴 것 같았다. 아들의 얼굴에서 행복이 뿜어져 나온다.

나는 잠시 선물에 대해 생각해 보다 선물의 사전적 의미가 궁금해졌다. '남에게 어떤 물건 따위를 선사함. 또는 그 물건'. 나는 내가 검색을 잘못했나 싶어 재차 검색해 보았다. 그리고 내가 사전적 의미를 읽고 또 읽었던 이유를 알아냈다. 나는 이미 내 안에 선물이란 '받을 대상에 대한 고마움의 마음을 표현할 때 주는 물건'이라고 정의하고 있었기 때문이다. 내가 생각하는 선물이란 말은 단어 자체에서 정성과 사랑이 묻어나는 소중하고 귀한 것이었고, 선물을 준비하는 사람의 마음까지도 내포하고 있었다. 그러니 선물의 사전적 의미가 내겐 너무 무미건조하고 인간미 없어 보였던 것이다. 보통의 사람들은 선물이 가진 사전적 의미보다는 좀 더 특별한 개인적인 의미가 있으리라 생각해보았다.

계속되는 무더위에 지치고 힘들었던 어느 날 지인으로부터 깜짝 선물이 왔다. '더운 여름 건강하시고 시원한 여름 보내세요.'라는 내용과 함께 온 빙수 쿠폰이었다. 아무런 기념일도 아닌 평범한 날이었다. 그야말로 깜짝 선물이었다. 그녀와 나는 멀리 떨어져 있고 바쁘다는 핑계로 안부 정도만 전하며 지내고 있었다. 내가 그날을 잊지 못하는 건 순전한 그녀의 마음 때문이다. 늘 자신의 마음 한편에 내 자리를 마련해 놓고 기억해 주며 내가 행복하기를 바라는 그녀의 따뜻한 마음이 파동처럼 전해져왔다. 나는 그날 빙수를 가장하고 온 사랑을 받고 한참 동안 가슴이 먹먹했다.

선물은 사람 마음을 감동하게 하는 묘한 매력을 가지고 있다. 그뿐 아니라 선물은 받을 때보다 줄 때 기쁨이 배가 되는 신비로움도 가지고 있다.

고등학생이 된 후 첫 번째로 맞이한 엄마 생일이 기억난다. 타지에서 고등학교에 다니며 기숙사 생활을 하게 된 나는 난생처음 용돈이라는 걸 받게 되었다. 2주에 한 번씩 집에 갈 때마다 2, 3만 원 정도의 용돈을 받았는데, 차비를 빼고 나면 얼마 되지 않는 돈이었다. 하지만 나는 용돈에서 얼마씩을 아껴 엄마를 위해 쓰고 싶었다. 엄마의 생일이 다가오자 몇 날 며칠 고민하고 또 고민했다. 무엇을 해드리면 엄마가 기뻐하실까? 엄마는 무엇을 좋아하실까? 엄마가 웃으며 행복해하실 모습을 상상하며 엄마의 선물을 골랐다. 번복을 거듭하며 내가 결정한 선물은 빨간 장미 백 송이로 만든 꽃바구니였다. 평소 꽃을 아끼고 사랑하는 엄마에게 곁에 두고 오래오래 보며 행복하실 수 있도록 시들지 않는 꽃을 드리기로 했다.

나는 꽃바구니를 만들어 줄 수 있는 화원을 알아본 후 문구점에서 재료를 구매했다. 그날부터 매일 정성을 다해 한 송이 한 송이 장미꽃을 만들었다. 먼저 색지로 꽃 모양을 만들고 꽃대와 꽃잎을 넣으면 한 송이 장미꽃이 완성되었다. 몇 주 동안 쪼그리고 앉아 장미꽃을 접느라 힘들기도 했지만, 그보다 꽃을 보며 웃으실 엄마를 생각하면 절로 입꼬리가 올라갔다. 드디어 백 송이 장미꽃이 완성되었다. 나는 장미꽃을 들고 화원에 찾아가 꽃바구니를 만들어 달라고 의뢰했다.

드디어 집으로 가는 날, 품 안에 가득 안길 만큼 커다란 꽃바구니를 들고 버스에 탔다. 버스에 앉아 있는 사람들이 꽃바구니를 볼 때마다 괜히 어깨가 으쓱해지는 것 같았다. 나는 자랑스럽게 꽃바구니를 들고 집으로 향했다. 집이 가까워질수록 꽃바구니를 든 내 손에 힘이 들어가고 심장이 뛰기 시작했다. 나는 엄마에게 무어라 말하며 꽃바구니를 드리면 좋을지 연습도 해보았다. 내가 듣고 싶은 엄마의 반응까지 상상하며 말이다.

내가 집에 도착했을 때 엄마는 집에 안 계셨다. 나는 일을 마치고 돌아오는 엄마를 마중 나가 "엄마, 생신 축하드려요." 하고 꽃바구니를 내밀었다. 엄마는 "시상에나! 이게 뭣이다냐? 이쁘기도 혀라. 살면서 꽃바구니를 다 받아보네!" 하셨다. 상상하지 못한 선물에 어쩔 줄 몰라 하시며 얼굴 가득 함박웃음을 띤 엄마를 보니 정말 탁월한 선택이었다는 생각이 들었다. 엄마는 꽃다발을 보고 또 보면서 도돌이표처럼 감탄사를 되풀이하셨다. 선물은 받을 때보다 줄 때 기쁨과 행복이 두 배라는 걸 알게 된 순간이었다.

요즘 나는 다른 사람이 아닌 나 자신에게 선물을 해주려고 노력한다. 과거에는 '나를 위한 선물'이라는 건 엄두도 내지 못할 일이었다. 내가 나에게 선물을 하려고 할 때마다 포기해야 할 이유가 생겼다. 나는 욕구 충만한 두 아이의 엄마이고, 자신의 욕구를 내려놓고 사는 남편의 아내였다. 나에게 선물을 준다고 생각한 순간부터 이기적인 엄마, 개인주의자 아내라는 비난의 말이 나를 친친 휘감았다. 나에게 선물을 주는 일은 이처럼 쉽지 않았지만 그런 고정관념을 과감하게 깨뜨려보기로 했다. 겨우 마음을 다잡고 결심을 해도 실천에 옮기기까지 내 마음은 메어치기와 엎어치기를 반복했다. '도대체 선물이 뭐길래?'라는 마음의 소리가 불쑥 튀어나와 나를 방해했다. 다른 일도 그랬듯이 이 일 또한 연습이 필요하다는 생각을 해본다.

매일 아침 커피를 내려 마시며 하루를 계획하는 내게 커피는 유일한 기호식품이다. 그런데도 커피 원두가 떨어지면 나는 선뜻 원두를 사지 못하고 차일피일 미루며 갈증만 낸다. 그래서 나는 커피 원두가 나에게 주는 선물이라고 생각해 보기로 했다. 나에게 주는 선물은 작아도 확실한 행복을 주는 것이면 충분했다. 원두를 배송받던 날 나는 나 자신에게 "선화야, 이건 너를 위한 선물이야. 이걸로 행복한 아침을 맞이하렴. 그리고 그 행복으로 오늘을 아름답게 만들어보렴." 하고 말했다. 원두를 받아 든 내 마음에 기쁨이 벅차오르기 시작했다.

내가 나에게 주는 선물이란 나를 향해 응원과 사랑을 전한다는 의미, 그리고 나를 소중하게 생각하며 나를 마주한다는 의미가 담겨 있었다. 내게 주어진 상황과 형편을 고려하여 감당할 수 있는 범위 내에서 주는 선물은 자존감도 높여 주었다. 어렵게 첫걸음을 내디뎠으니 다음 걸음은 더 힘차게 내디딜 수 있을 것 같은 자신감도 생겼다.

앞으로도 나는 정기적으로 작지만 확실한 행복을 줄 만한 나만의 선물을 준비해 보는 시간을 통해 삶의 활력을 누리고 싶다.

행복한 어른이 되기 위하여

판단하지 아니하며

어릴 적 생각이 난다. 내게 할아버지는 범접할 수 없는 큰 산 같은 분이었다. 할아버지는 지혜와 지식을 겸비한 분이었다. 그땐 나이 먹으면 다 그렇게 되는 줄 알았다. 어른이 되면 자연스럽게 갖춰지는 면모라 생각했기에 나도 빨리 어른이 되고 싶었다.

어떤 어른이 되고 싶은지 고민할 이유가 없었다. 내게 어른이란 그저 나이 먹은 사람이고, 나이 먹으면 당연히 그에 걸맞은 어른스러운 옷을 입게 되는 줄로 착각했다.

현재 나의 신체적 나이가 사십 대 중반이니 나이로만 보면 나는 어른이다. 하지만 내면적으로는 아직 어른이 되지 못한 것을 느끼기에 요즘은 나 자신에게 어떤 어른이 되고 싶은지 질문하며 미래의 내 모습을 상상해 본다.

누구나 좋은 어른이 되고 싶다. 그렇다면 어떤 어른이 좋은 어른일까? 내 인생에 머물다 간 수많은 어른을 생각해 본다. 나는 그들과 얽히고설키고 울고 웃으며 여기까지 왔다. 남은 인생도 또 누군가와 함께 어우러져 살 것이다.

내가 생각하는 좋은 어른은 남을 판단하지 않는 사람이다. 하지만 내 마음 안에는 하나의 잣대가 있어 틈만 나면 불쑥 튀어나와 나는 옳고 상대는 그르다고 판단한다. 참 내로남불이다. 게다가 긍정적인 판단은 인색하지만, 부정적인 판단은 쉽게 한다. 그러면서 은근슬쩍 나는 그와 같지 않음을 안도하며 꽤 도량이 넓은 척한다.

집안 정리를 할 때 나는 상자를 이용하곤 하는데, 자주 사용하지 않는 물건은 상자에 따로 담은 후 상자 겉면에 내용물 이름을 크게 적어둔다. 그렇게 하면 물건을 찾을 때 상자 겉면에 적힌 이름만 보면 쉽게 찾을 수 있다.

문득 남을 판단하는 것도 상자에 이름표를 붙이는 것과 같다는 생각이 들었다. 판단은 결국 한 사람에게 이름을 지어 붙이는 행위다. 이는 또 옷에 상표를 붙이는 일과도 비슷하다. 공장에서 옷을 다 만들고 나면 상표 붙이기, 즉 라벨링을 하는데 누군가를 판단하는 것은 그에게 라벨링 하는 것과도 같다. 라벨이 붙는 순간 그는 그런 사람이 되어 버린다. 그를 다른 관점으로 바라볼 여지가 없어진다.

여행지에서의 일이다. 나는 지역 특산품을 하나 사서 동료들과 함께 나눠 먹었는데, 다른 사람 몫은 생각지도 않고 혼자서 절반을 먹는 사람이 있었다. 내 머릿속에서는 자동으로 판단 기능이 작동되었다. '식탐이 장난 아닌 사람', '절제가 안 되는 사람', '자기밖에 모르는 이기적인 사람' 등의 이름을 그에게 붙였다. 그 순간부터 그는 내가 이름 지은 대로 지극히 이기적인 사람이 되어버렸다. 다른 상황에서도 그가 예상된 행동을 하면 내가 지은 이름을 갖다 붙이며 "거봐! 내 말이 맞잖아." 하고 확인사살을 한다.

사회생활을 하다 보면 각양각색의 사람을 만나게 된다. 그중에는 자신과 생각이 다른 사람을 구별하여 판단하는 것이 습관이 된 사람이 있다. 나이 먹은 사람이 그러면 나도 모르게 인상이 찌푸려진다.

좋은 어른이라면 남을 판단하기보다 자기 자신부터 판단할 것이다. 남의 눈 속의 티만 보지 말고 자기 눈 속의 대들보를 보라는 말처럼.

딸과 함께 산책하는 시간은 내게 힐링의 시간이다. 딸이 고3이 되면서 그런 시간을 자주 가질 순 없게 되었지만, 주말이면 잠 대신 산책을 선택해 주는 딸이 고맙기만 하다. 여느 날처럼 우린 함께 걸으며 두런두런 이야기를 나눴다. 맑은 하늘도 초록 나무도 길가에 핀 꽃도 모두 예쁘기만 했다. 나는 내 눈에 들어온 아름다운 것들에 감탄하며 딸에게 내 느낌을 말했다. 그러자 딸은 빙그레 웃으며 친구들과 MBTI 성격검사를 했는데 딸을 비롯하여 딸의 친구 두 명이 모두 감정형으로 나왔다고 했다. 그런데 딸은 같은 감정형인데도 A 친구와 이야기할 때는 자신이 감정형이라는 것이 확연하게 느껴지는데, B 친구와 이야기할 때는 그런 생각이 덜해 의아했는데 오늘 그 이유를 알았다고 했다. 자신보다 훨씬 감정표현이 풍부한 엄마 옆에 있으니 상대적으로 자신의 성격이 이성형에 가까운 것처럼 느껴진다며, 누구와 함께 있느냐에 따라 자신의 성격에 대한 인식이 달라진다는 것을 깨달았다고 했다. 나는 딸의 이야기에 공감하며 한바탕 호탕하게 웃었다.

같은 감정형이라고 해도 이렇게 차이가 있다. 우리는 누구 하나 같은 사람 없이 모두 다르다. 빛의 스펙트럼처럼 모두 다른 고유색을 가지고 있다. 성격검사나 기질검사는 남을 판단하기 위해서가 아니라, 우리가 서로 다름을 알고 인정해 주어 모두가 행복한 삶을 살 수 있게 하기 위한 목적으로 하는 것이다.

나는 남을 판단하는 마음이 들 때마다 내 마음을 이렇게 바꿔보려고 노력한다. '티를 가진 사람을 놓고 내가 왈가왈부할 때 어디선가는 내 대들보가 다른 사람의 도마 위에 올려져 있다'라고. 이렇게 생각하면 쉽게 남을 판단하고 이야기하는 것에 경계

심이 생긴다. 그런 생각 위에 '나보다 남을 낫게 여기라'라는 고명을 얹으면 마음이 훨씬 가벼워지고 생각은 단순해지며 상대를 향한 수용 범위는 넓어진다.

그럴 때 도움 되는 말이 '그에게는 그럴만한 이유가 있겠지.'이다. 판단으로 상대를 낙인찍는 것이 아니라 있는 그대로 인정해 주는 것이다. 상상만으로도 행복해진다.

오늘 아침 출근길에 직장 단톡방에 메시지가 올라왔다. 색깔 있는 음료를 누가 세면대에 버리고 그냥 갔는지 '음료를 버린 사람은 출근하면 세제로 청소하라'라는 내용이었다. 나는 이제 더는 판단하지 않기로 했다. 그럴만한 이유가 있었겠지.

감사는 나를 위한 것

"새로운 하루를 허락해 주셔서 감사합니다." 내가 아침에 눈 뜰 때마다 드리는 기도이다.

눈을 뜨고 맞이하는 하루가 내겐 선물과 같다. 하루만 더 살기를 간절히 애원하는 이들이나 예고 없이 찾아온 이별로 다음을 기약할 수 없게 된 이들을 떠올리면 더욱더 감사한 마음이 든다.

사실 세상에 당연한 것은 없다. 손가락을 다섯 개씩 가지고 태어난 것도, 두 다리로 걸을 수 있는 것도, 내 마음대로 숨을 쉴 수 있는 것도, 건강한 치아로 음식을 먹을 수 있는 것까지도 당연한 일이 아니다. 하지만 과거에 나는 내게 주어진 일상을 당연하게 생각하며 살았다. 크게 나쁠 것도, 크게 좋을 것도 없다고 생각했었다.

그런데 이런 내 생각에 변화가 생겼다. 당연하게 생각했던 것이 따지고 보면 결코 당연한 게 아니었다. 작은 일에도 누군가의 시간과 정성, 수고와 사랑, 희생과 배려의 마음이 녹아 있음을 알게 되었다. 지극히 평범한 일상 가운데 생각을 바꿨더니 새로운 세상이 펼쳐졌다.

생각을 바꾸는 일이 처음부터 잘 되진 않았다. 내 마음을 본래 하던 대로 내버려두었더니 감사는커녕 짜증과 화, 우울, 좌절, 분노의 감정이 널뛰기했다.

여러 매체와 책에서 감사는 훈련이라고 말한다. 특히 『내면 소통』의 저자 김주환 교수에 따르면, 감사가 인생을 바꾸는 강력한 힘을 가지고 있다는 것이 과학적으로 입증되었다고 한다. 그리고 감사를 습관화하려면 훈련이 필요하다고 한다. 감사를 체질화하는 것이 만만해 보이지만은 않지만 포기할 수는 없었다.

감사하는 훈련을 함에 있어서 넘어야 할 가장 큰 산은 바로 나 자신이었다. 가만두면 본능대로 살고 싶어 하는 나를 어떻게 훈련 시켜 감사하는 나로 만들 것인지가 관건이었다.

나는 아이들에게 도움을 요청했다. 혼자보다는 둘이, 둘보다는 셋이 더 힘이 있을 것 같았다. 처음엔 감사 노트 쓰기로 시작했다가 발전한 것이 '감사 방'이라는 메신저 공간이다. 아이들과 나는 '감사 방'에 매일 세 가지씩 감사 내용을 올리기로 했다. 어떤 날은 의무감으로, 어떤 날은 해치우기식으로 글을 올리기도 했지만 나는 개의치 않고 매일 실천하고 있다는 사실 자체에 초점을 두었다. 어떤 내용이 올라와도 아이들의 감사를 공감하고 응원했다.

의식적으로 생각을 바꾸고 감사를 채워보려 안간힘을 쓰기 시작한 지 어느새 일 년이 넘었다. 우린 아직 훈련 중이다. 비록 이 훈련이 가다 서다 할지라도 나와 아이들의 감사가 체질화될 때까지 '감사 방' 문을 활짝 열어두기로 했다.

사실 그사이 나는 마음을 다지는 교육과 내가 믿는 하나님으로 인해 범사에 감사를 고백하고 있다. 모든 일에 감사하는 마음을 가지면 나도 모르게 행복해지고 평범한 일상도 특별한 일상으로 바뀌는 것을 경험할 수 있었다.

엄마는 "범사에 감사하면 감사할 일이 더 생겨난다."라는 설교를 들은 날부터 밥을 하면서도 일을 하면서도 심지어 화장실에 앉아서도 입이 닳도록 감사의 말을 했었다. 감사하면 마음이 그렇게 기쁠 수가 없노라고 했던 엄마 말씀이 이제야 이해가 된다.

내 뜻대로 내 마음대로 되지 않는 세상에서 감사는 내게 행복을 부르는 방법이 되었다. 엄마가 그랬듯이 나도 아이들에게 감사하는 삶을 전수해 주고 싶은 간절한 소망을 품게 되었다. 나는 아이들과 함께 이 훈련을 계속하며 기쁨을 누려보려 한다.

매일 아침 바쁜 출근길이지만, 나는 하늘을 올려다보며 말해본다.

"파란 하늘을 볼 수 있게 해주셔서 감사합니다! 하늘을 보고 감격할 수 있는 마음 주셔서 감사합니다!"

분주했던 마음에 행복이 깃든다. 오늘도 감사가 나를 살게 하고 나를 웃게 한다.

저마다 자유의지가 있건만

나는 대한민국 엄마이다. 다른 엄마들과 마찬가지로 나도 아이들이 잘 자라주기를 바라는 마음으로 교육하고 훈육했다.

나는 대학에서 보육교사 자격을 취득했고 현직에서 경력도 쌓았으므로 사교육에 의존하지 않고 엄마표 아이들로 키워보고 싶었다. 매일 그날의 일과표를 짜고 퍼포먼스 미술, 오감 놀이, 도서관 투어에 품앗이 영어까지 내가 가진 역량을 최대한 끌어내어 아이들을 가르쳤다. 일과표대로 움직이며 계획한 것을 해내려 하다 보니 어떤 날은 나는 나대로, 아이들은 아이들대로 힘들었다. 아이들이 내 뜻대로 되지 않을 때면 나는 힘을 사용했다. 아이들을 다그치고, 야단치고, 엄포를 놓았다. 끊임없이 재

축하며 계획한 것들을 모두 이뤄내고 나서야 만족스러워했고, 그렇게 하는 것이 잘하는 일인 줄 알았다.

그뿐만이 아니었다. 아이들이 작은 내 키를 닮을까 걱정되어 먹는 것, 입는 것까지 얼마나 신경을 썼는지 모른다. 오랜만에 만난 외할머니가 손주 준다고 사 온 과자며 사탕도 엄마의 표현을 빌리면 '벌벌 떨면서' 먹지 못하게 했다. 말이 신경 쓴 거지 실상은 엄마라는 권력을 가지고 아이들을 통제한 것이나 다름없었다.

딸아이가 여섯 살이 되어 어린이집에 다니기 시작했다. 여섯 살이면 또래 친구가 형성되면서 친구 관계에서 갈등이 비일비재하게 일어난다. 놀이그룹에 끼지 못한다든지 자기가 놀고 싶은 친구가 다른 친구와 놀아 속상해한다든지 하는 문제가 일어날 수 있는 것이다. 나는 딸이 하원하고 오면 "오늘 잘 놀았어? 누구랑 놀았어?" 하고 묻곤 했다. 딸이 재미있게 놀았다고 이야기하는 날은 나도 덩달아 신이 났고, 친구 때문에 마음 상해 울기라도 하는 날엔 내가 아이보다 더 속상해하며 상처받지 않고 친구와 노는 방법을 제안하기 바빴다. 아이가 직면한 문제는 아이 문제가 아니라 모두 내 문제가 되어버렸다.

지금 생각하면 엄마로서 모르는 게 너무 많았다. "선무당이 사람 잡는다."라는 말도, "모르면 용감하다."라는 말도 모두 나를 두고 한 말 같다.

사람은 누구나 자유의지가 있다. 자유의지는 자기 생각과 행동을 스스로 조절하고 통제할 수 있는 힘을 말한다. 이것은 인간만이 가진 고유한 특성 중 하나인데 나는 그 사실을 뒤늦게 깨달았다.

내가 아이들을 양육할 때 해주지 못해 아쉬운 점이 있다면 그들의 자유의지를 키워주기 위해 노력하지 못한 점이다. 내가 살면서 체득하고 배운 것, 부모님으로부터 배운 것을 기준 삼아 아이에게 제시하고 가르치며 따르기를 강요했다. 소소한 것부터 중대한 문제까지 내 문제인 양 개입하고 통제했다. 그들도 그들 나름의 자유의지가 있는데 말이다.

자유의지를 부여받은 사람일수록 행복감이 증대되는 것에 반해 통제를 많이 가하면 가할수록 사람은 불행하다고 느끼게 된다고 한다. 나는 '현실치료'를 공부하면서 그 사실을 알게 되었다. '현실치료'의 창시자 윌리엄 글래서 박사는 인간을 불행하게 만드는 원인이 힘을 사용하여 상대방을 통제하려 하는 데 있다고 말한다. 힘으로 통제하는 모습은 지시나 명령, 강요 등으로 나타난다. 더 심각한 문제는 많은 사람이 인간관계 안에서 통제를 가하고 있으면서도 그 사실을 자각하지 못한다는 데 있다.

내가 요즘 들어 더욱 조심하는 부분이 있다면 힘을 행사할 수 있는 자리에 있을수록 남을 통제하려고 하지 않는 것이다. 그 대신 힘을 빼고 내 생각과 행동을 통제하며 자유의지를 가지고 매 순간 지혜롭고 책임 있는 선택을 하려고 노력한다. 가정에서도 직장에서도, 내가 있는 어느 곳에서든지.

거울을 본다. 거울은 나를 만나는 통로이다. 거울에 비친 내 인상이 내 삶을 대변할 수 있도록 나는 오늘을 행복하게 사는 데 집중한다. 거울 속 내가 나를 보고 미소 짓는다. 나도 따라 입꼬리를 올리며 오늘을 살아 낼 에너지를 충전한다.

반짝이는 내 눈동자가 나에게 말한다. '여기까지 오느라 수고하고 애썼어. 오늘도 행복한 하루를 만들어 보자.'라고.

시간은 모든 사람에게 똑같이 주어진다. 나는 내게 주어진 시간을 마지못해 살아내는 것이 아니라 매 순간을 의미 있게 살아내고 싶다. 그것은 누구도 막을 수 없다. 내 마음은 내 것이니 내 마음만 잘 통제한다면 얼마든지 의미 있는 순간을 만들 수 있다.

간혹 인생을 작품에 비유하곤 한다. 나 역시 인생이라는 작품을 완성해 가고 있다. 오늘이라는 시간도 작품의 한 부분으로 채워질 것이기에 나는 오늘의 시간을 행복하게 만들고 싶다. 남이 아닌 오직 나만을 잘 다스리면서 말이다.

인간에 관한 공부를 하면서 인간을 좀 더 많이 이해하게 되었다. 덕분에 나는 내 아이들이 자유의지를 잘 발휘하고 자기 삶의 주인이 되어 삶을 통제하고 지배할 수 있도록 도와주는 조력자 역할을 하고 있다. 아이들이 자기 삶을 통제하도록 하는 것

것은 방임이 아니다. 나는 아이들과 좋은 관계를 유지하는 데 우선순위를 두고 아이들이 원한다면 조언도 아끼지 않는다. 그리고 최종결정은 그들이 스스로 하며 자신의 선택에 대해 책임질 수 있도록 한다. 그렇게 연습하던 중 내게는 아이들이 자신의 인생을 멋지게 살 거라는 굳건한 믿음과 그런 아이들을 응원하는 마음이 생겼다. 통제하지 않는 어른, 자유의지를 부여하는 어른이야말로 진정 행복한 어른이자 행복을 주는 어른이다. 나는 오늘도 행복한 어른으로 살아간다.

"아하!" 해석의 미학

나는 행복한 어른이다. 나에게 행복과 불행은 한 끗 차이이다. 행복한 사람은 자신에게 벌어진 일에 대해 의미를 부여하는 사람, 즉 해석을 기가 막히게 하는 사람이다. 내 행복은 그 해석에 따라 판가름 된다. "꿈보다 해몽이 좋다."라는 속담이 있다. 돌아보면 나는 내게 일어난 일들을 놓고 해몽을 잘한 편이다. 그 무엇보다 마음이 편안했으니 이만하면 큰 덕을 본 셈이다.

매일 아침 나는 출근 준비를 하며 학교 갈 아이들을 깨우느라 진을 뺀다. 집에서 8시 20분에 출발해야 아이들을 학교 앞에 내려주고 늦지 않게 출근할 수 있는데 새벽이 돼서야 잠이 드는 아이들을 시간 맞춰 깨워 준비하는 건 내 마음처럼 쉽게 되지 않았다. 그날도 평소처럼 아이들을 깨우는데, 순간 내 마음에 걱정이 찾아왔다. '내가 이렇게 아이들을 키워도 되나? 기본생활 습관을 잘 기르는 게 우선순위가 아닌가?'라는 생각이 들었다. 그 순간 침대에 누워있는 아이들은 귀중한 내 선물이 아니라 근심과 걱정을 주는 존재들이었다. 출근해서도 나는 마음이 혼란스러웠다.

그때 해석의 힘을 발휘해 보았다.

'내겐 잘 키워내고 싶은 아이들이 있다. 흔들어 깨우면 부스스 눈을 떠 나를 바라보고, 투덜대면서도 세수를 하고 머리를 감는 아이들이다. 내겐 나보다 훨씬 멋지게 성장할 아이들이 있다. 걱정할 아이가 없는 부모, 아이를 잃어버린 부모, 그 아이가 보고 싶어 사진을 부둥켜안고 눈물 흘리는 부모, 만지고 싶고 숨결을 느끼고 싶어도 현실은 그럴 수 없어 가슴을 치는 부모가 얼마나 많은가! 그런데 내겐 시도 때도 없이 "꺼억!" 트림하고, 방귀를 "뿡!" 뀌고, 밥을 먹은 후 "하아!" 하고 입김을 내뿜는 아이가 있다. 아이가 내 곁에 존재하고 있으니 이런저런 걱정을 할 수 있는 것이다.'

나는 지나친 걱정과 염려로 내 키를 키우려 하고 있다는 것을 인식하게 되었다. 그렇게 해석하니 아이들이 다시 귀한 보물이 되었다.

그날 나는 휴식 시간에 아이들에게 메시지를 보냈다. 평소 아이들을 부를 때 애칭을 사용하는 나는 '딸랑구'를 줄여 딸은 '랑구'라고 부르고, 항상 웃는 얼굴상을 가진 아들은 주변을 환하게 밝혀주어 '화니'라고 부른다.

나는 딸에게 "엄마의 보물 랑구야~ 너를 떠올리고 너의 이름을 부르는 것만으로 엄마는 가슴이 벅차고 감사의 마음이 솟구치는구나! 우리가 걷는 길이 평탄치 않아도 끝까지 경주를 잘 마치고 마지막에 하나님 앞에서 웃는 자가 되길 기도해본다. 공부하고 연습하느라 쉽지 않은 길이지만 랑구가 행복하다면 엄만 기꺼이 너의 길을 응원하고 축복한단다. 항상 우리가 행복하길 원하는 하늘 아버지의 마음처럼 하나님이 주시는 마음 마음껏 누리며 살자. 사랑해."라고 메시지를 보냈다.

딸도 답장을 보내왔다.

"항상 내 편이 되어주고 응원해줘서 정말 감사해요. 연습 끝나고 집에 오면 졸린 데도 매번 일어나서 나를 반겨주는 엄마가 있어서 너무 감사해요. 저도 사랑해요."라고.

딸이 보내온 답장에 나는 울컥했고, 해석의 미학이 만들어낸 결과에 흐뭇한 미소를 지었다.

오늘도 어린이집에 출근해서 일하고 집에 돌아오기까지 바쁜 하루를 보냈다. 참 많은 일이 있었다. 나는 크고 작은 일에 일희일비하지 않는 대신 기가 막힌 해석으로 끝내주는 하루를 만들었다.

다음 주부터 어린이집에서는 교사 힐링 프로그램으로 동료 교사와 커피 데이트가 진행된다. 함께 데이트할 선생님을 정하기 위해 제비뽑기를 했는데, 나는 요즈음 데면데면해진 선생님을 데이트 상대로 뽑았다. 그녀와 나는 그녀가 입사하던 해 같은 교실에서 아이들을 돌보며 서로 배려하고 격려하던 사이였는데, 최근 여러 가지 일들로 서먹서먹해져 마음이 쓰이던 차였다.

그녀와 짝이 된 것을 확인한 순간 내 머릿속에는 '기회'와 '회복'이라는 두 단어가 떠올랐다. 나는 데이트 시간을 그녀와 서먹해진 관계를 회복하는 기회의 시간으로 받아들이기로 했다. 그렇게 마음먹자 선생님과 멋진 데이트를 해보아야겠다는 생각이 들었다. 어떻게 하면 의미 있는 시간을 만들 수 있을까? 선생님이 편안한 마음으로 속내를 이야기할 수 있도록 하려면 나는 어떤 준비를 해야 할까? 내 안에 기대와 설렘이 생겼다.

내가 해석을 다르게 했다면 어떻게 되었을까? 제비뽑기 결과를 확인하고 '아! 이게 뭐야? 왜 하필 이 선생님이야? 진짜 되는 일이 없네.' 하고 생각했다면 어땠을까? 상상만 해도 한숨이 나온다. 데이트하기도 전부터 스트레스를 받아 힐링 프로그램이 킬링프로그램으로 전락하고, 대충 시간을 보내거나 커피만 들이켜는 의미 없는 시간을 만들었을 것이다.

똑같은 일을 놓고 내가 부여한 해석에 따라 마음도 자세도 상반되는 결과를 가져오는 것을 경험했던 순간이었다. 해석에 따라 내 안에 천국과 지옥이 만들어졌다. 언젠가 너무 힘든 일을 겪은 후에 그 일이 일어나기 전으로 돌아갈 수 있게 해주는 기계가 있었으면 좋겠다는 생각을 한 적이 있다. 그만큼 견디기 힘든 시간이었다.

내가 원하지 않는 일을 해야 할 때는 왜 나인지 반문하며 불평과 원망을 했고, 사람과 관련된 일이라면 내 탓이 아닌 남의 탓이라고 합리화하기도 했다. 내 정당성을 어필하기 위해 핏대를 세워가며 이야기했고, 누구라도 내 생각에 동조해 주길 바라는 마음으로 이야기를 하고 또 했다. 그럴수록 내 마음은 더욱 헛헛해져 갔다.

이제 나는 삶의 경험을 통해 해석의 미학을 배워가고 있다. 기가 막힌 해석은 결국 내 삶을 행복하게 만든다. 내가 행복할 때 내 주변도 행복하게 만들 수 있다. 인간은 모두 해석의 힘을 발휘할 수 있는 내면의 힘을 가지고 있는 소중한 존재이다. 그러니 오늘을 살며 자부심을 한껏 품어보자.

나를 위한 응원단장 되어보기

어린 시절 나는 스포츠를 좋아하지 않았다. 그에 반해 할아버지는 씨름과 축구, 야구를 즐겨보셨다. 한날은 할아버지께서 야구를 보시길래 나도 옆에 앉아서 보는데 너무 지루해서 하품이 나왔다. 야구의 규칙을 전혀 모르니 경기 시간이 마냥 길게만 느껴졌다. 게다가 야구하는 날은 내가 좋아하는 만화를 볼 수 없어 나는 야구를 더욱 싫어하게 되었다.

야구의 문외한인 나를 야구팬으로 만든 건 남편이었다. 초등학교에 다니는 아이들에게 스포츠 경기를 직접 경험시켜 주고 싶었던 남편은 파주에서 멀지 않은 거리에 있는 목동구장에서 열리는 야구 경기 표를 예매했다. 우리 가족은 처음으로 야구 경기를 직관하게 되었다. 야구의 '야' 자도 모르는 나는 이름도 잘 알려지지 않은 팀의 외야수 쪽 자리에 앉아 경기를 보게 되었다.

경기장은 양 팀을 응원하는 사람들로 가득했고 선수들이 타석에 들어설 때마다 응원의 함성으로 온 구장이 쩌렁쩌렁 울렸다. 나는 야구장에 처음 왔지만, 응원단장의 열띤 리드 덕분에 금세 야구장의 분위기에 빠져들어 목이 쉬어라 응원곡을 부르며 선수의 이름을 외치고, 손바닥이 화끈거릴 정도로 손뼉을 쳤다. 선수가 안타를 치면 고래고래 함성을 지르며 환호했고, 홈런이라도 치면 펄쩍펄쩍 뛰며 가족을 얼싸안고 좋아했다.

그뿐만이 아니었다. 선수가 타석에서 삼진아웃을 당하기라도 하면 행여 기가 꺾일세라 대기석으로 들어가는 선수를 향해 "괜찮아! 괜찮아!" 하며 응원했다.

내가 볼 때 응원단장은 팀이 잘할 때는 더 잘할 수 있도록 응원하고, 팀이 슬럼프에 빠졌을 때도 한결같은 마음으로 선수를 응원하며 선수의 사기를 북돋우는 역할을 하는 사람이다. 이제 곧 가을야구가 시작된다. 내가 응원하는 팀은 아쉽게도 현재 성적으로 가을야구에 올라가는 건 무리이지만 텔레비전으로 경기를 볼 때마다 나는 우리 팀의 응원단장인 것처럼 응원할 것이다.

경기는 올해로 끝이 아니다. 내년에도 내후년에도 계속된다. 나는 선수들이 현재 경기에 최선을 다할 수 있기를, 절대 포기하지 않고 좌절하지 않기를 바라는 팬의 마음으로 응원한다. 응원에 힘입어 오늘도 내일도 새 힘을 낼 수 있기를 바라는 마음이다.

아쉽게 오늘 경기에서는 우리 팀이 지고 말았다. 하지만 나는 내일 또 선수의 이름을 부르며 응원할 것이다. 나는 자칭 우리 팀의 응원 단장이니까.

한 번은 교육받는 중에 쌍둥이 남매를 나란히 서울대에 보낸 아버지의 이야기를 들은 적이 있다. 형편이 어려워 아이들에게 많은 것을 해줄 수 없었던 아버지는 매일 아이들을 트럭에 태워 등교시키면서 응원의 말을 해주었다고 한다. 인터뷰 중 아이들은 자신들이 서울대에 갈 수 있었던 건 아버지의 응원 덕분이라고 했다. 매일 응원해 주시는 아버지 덕분에 힘을 낼 수 있었기에 열심히 공부해 아버지를 기쁘게 해드리고 싶었다고 했다.

그 말을 듣고 나는 응원하는 말과 응원하는 마음이 얼마나 중요한지 깨닫게 되었다. 내겐 서울대 진학이 중요한 게 아니라 힘을 낼 수 있는 마음을 응원으로부터 얻었다는 것이 중요했다. 인생의 중요한 순간에 누군가의 응원 한마디가 그 사람의 인생을 바꿀 만큼의 힘을 내게 해준다니, 나는 아이들을 응원하지 않을 수가 없었다. 응원이야말로 내가 잘할 수 있는 것 중의 하나였다. 돈 들이지 않고도 할 수 있는.

그때부터 나는 '일상에서 아이를 어떻게 응원할까?'를 고민하기 시작했다. 아이를 잘 응원하기 위해 나는 아이를 관찰하는 것부터 시작했다. 아이가 좋아하는 것이 무엇인지, 필요한 것이 무엇인지 유심히 관찰했다. 나는 아이를 위한 깜짝 선물을 준비하고 아이가 전혀 예상하지 못한 날 선물을 건넸다. 내 깜짝 선물은 아주 소소한 것들이다.

오늘은 아들을 위한 깜짝 선물이 개봉되는 날이다. 나는 아들이 좋아하는 김치 등갈비찜을 하고 시간에 맞춰 요리했다. 현관에서부터 "엄마, 이거 무슨 맛있는 냄새에요?" 하고 말하며 들어오는 아들을 주방으로 데리고 가 냄비 뚜껑을 열며 "짜잔! 아들 주려고 해놨지!" 하고 생색을 냈다. 그러면 아들은 "와!" 하고 엄지를 치켜세운다. 그 순간 김치 등갈비찜은 오로지 아들을 위한 요리가 되었고, 나는 아들을 향한 응원을 요리에 담아 보냈다.

내가 하는 소소한 응원 중에는 이런 것도 있다. 평소 산책을 좋아하는 나는 산책을 할 때 그냥 걷지 않고 주변을 자세히 관찰하며 걷는다. 보도블록을 뚫고 나와 노란 꽃을 피운 민들레, 나무 사이를 옮겨 다니며 나는 작은 새, 그리고 나무에 열린 갖가지 열매까지, 볼거리 즐길 거리 가득한 산책길이다. 푸르른 산도 파란 하늘도 지저귀는 새들도 모두 나를 위해 준비된 것이라 생각하고 감상하면 눈도 귀도 호강한다.

어느 날은 산책길에 하얀 눈송이를 닮은 꽃을 발견했다. 먼발치에서 봤을 때는 한 송이 꽃 같았는데 가까이 가서 보니 수백 개의 작은 꽃송이가 모여 있었다. 순간 나태주 시인의 『풀꽃』이 떠올랐다. “자세히 보아야 예쁘다. 오래 보아야 사랑스럽다. 너도 그렇다.” 이렇게 사랑스러운 꽃을 나만 보자니 너무 아쉬운 생각이 들어 꽃에게 말했다. ‘꽃아, 가장 작은 송이 하나만 가져갈게. 미안해. 너의 아름다움을 꼭 소개해 주고 싶은 사람이 있단다.’ 나는 그렇게 속삭이며 가장 작은 꽃송이를 꺾어 집으로 향했다. 꽃병에 꽃을 꽂은 후 아직 잠에서 깨지 않은 딸의 책상 위에 올려놓고, ‘자세히 볼수록 더 예쁘고 사랑스러운 랑구야! 널 닮은 꽃이란다. 엄마 딸, 오늘도 파이팅!’ 하고 응원의 메시지를 적어보았다.

누군가를 응원하는 일은 행복한 일이다. 매일 아침 아이들 등굣길을 배웅하며 힘차게 손을 흔드는 것도, 일과를 마치고 번호키 누르는 소리가 들릴 때 문 앞으로 달려가 아이들을 안아주며 등을 토닥여주는 것도 모두 사랑에서 비롯된 응원이기에 행복하기만 하다.

이제 나는 응원의 범위를 넓혀간다. 내 손을 떠난 부메랑이 다시 내 손으로 돌아오는 것처럼 누군가를 향한 응원도 결국은 나를 행복하게 만든다는 것을 알게 되었기 때문이다.

그러다 문득 내가 나의 응원단장이 되어보는 건 어떨까? 하는 생각이 들었다. 그래서 나는 그 즉시 나를 나의 응원단장으로 임명했다. 누군가 응원해 주는 사람이 있다면 그것도 좋겠지만 없어도 괜찮았다. 내가 하는 일이 조금 미숙해도, 새로 시작하는 일에 머뭇거릴 때도 나를 향한 나의 응원이 나를 성숙하게 할 것이라는 기대감이 생겼다.

내가 먼저 나를 응원하고 그것으로 힘을 얻어 다른 사람도 응원해 줄 수 있다면 그런 사람이야말로 진정 행복한 사람일 것이다. 나는 그런 마음으로 나를 향한 응원과 타인을 향한 응원을 이어간다.

긍정적인 상상 vs 부정적인 상상

아침이 밝아온다. 빛은 나에게 하루의 시작을 알리는 신호다. 아직 어두운 새벽이지만 나는 오늘을 잘 살기 위해 말씀과 기도로 마음을 먼저 다잡고 어둠을 몰아내는 빛이 비치면 나의 출근 준비를 할 시간, 학교 갈 아이들을 준비시킬 시간이 곧 다가

온다는 것을 감지하고 서서히 몸을 움직이기 시작한다.

내게 직장은 카멜레온 같은 나의 모습을 발견하고 삶을 살아가는 태도를 배우는 실습 장소이다. 많은 사람과 관계를 맺으며 생활하다 보면 사람 수만큼이나 다양한 일들을 겪는다.

학부모들이 어린이집이 좋다고 하거나 담임선생님이 좋다고 하면 나도 모르게 우쭐한 마음이 생기다가도 민원이라도 발생하면 고개가 떨구어진다. 선생님들의 마음이 모아질 때면 사기충천해졌다가 일에 대해 견해차를 좁히지 못하면 얼굴이 붉어지고 어깨가 처진다. 이런 일들을 반복적으로 경험하며 내가 깨달은 것은 일희일비하지 않는 마음을 가져야 한다는 것이었다. 칭찬을 들었다고 좋아할 것도, 비난을 들었다고 낙망할 일도 아니었다. 자포자기한다거나 될 대로 되라고 생각한다는 것이 아니다. 다만 내 마음이 어느 한쪽으로 치우치지 않도록 하면서 지켜야 할 선은 소신 있게, 올곧게 지키는 것이 필요했다.

누구나 행복한 삶을 살기 원하지만, 자기가 가진 조건으로 만족할 수 있는 사람은 생각보다 많지 않다. 이런 생각에 잠겨 있다가 문득, 내가 가진 조건 즉 나를 둘러싼 환경은 미래라는 큰 그림을 그릴 수 없도록 시야를 가리는 가림막이라는 생각이 들었다. 그래서 나는 가림막을 과감하게 걷어 버리고 긍정적인상상을 발현시켜 밑그림을 그려보기로 했다.

우선 나는 자연 속 복합공간을 그려보았다. 이 공간은 누구나 마음이 힘들고 어려울 때, 벼랑 끝까지 갔을 때, 쉼이 필요할 때 주저 없이 찾아와 충전할 수 있는 곳이다. 층별로 테마를 정하고 따뜻한 차, 아름다운 음악, 치유 상담, 다양한 맞춤 프로그램으로 그 공간들을 채웠다. 그리고 마음의 회복이 일어나는 그 공간에 사람들도 채워 넣었다. 이 공간을 구성하기 위해 모인 사람들은 전공 분야는 다르지만, 마음은 하나다. 사람을 아끼고 사랑하고 한 사람을 존재로 인식하며 소중하게 여기는 교집합을 가지고 있다.

몇 년 만에 서울에 사는 지인이 방문하여 대화를 나누던 중 나는 내가 그리고 있는 그림에 대해 지인에게 이야기했다. 실력 있는 필라테스 강사인 그녀는 내 이야기를 눈을 반짝이며 듣더니 그녀가 그린 그림을 소개해 주었다. 고층 건물이 빼곡한 도심 어느 건물 안에서 이뤄지는 운동이 아닌, 사람들이 자연과 혼연일체 되어 진정한 힐링을 할 수 있는 운동을 하는 그림이었다. 어느 순간 우리는 서로의 이야기를 들으며 공동작품을 만들고 있었고, 이야기하는 내내 우리에게는 웃음이 끊이질 않았다. 상상하는 것만으로 그저 행복했다.

우리는 아쉬움을 뒤로하고 설레는 마음으로 다음 만남을 기약했다. 다시 만나는 날 우린 각자의 자리에서 자신이 그린 밑그림에 아름다운 색을 입히기 위해 어떤 삶을 살았는지, 어떤 도전과 실천을 했는지 나눠보기로 했다.

그즈음 나는 동화심리상담사 과정을 공부하고 있었다. 어느 날 수업에서 『내 영혼을 위한 닭고기 수프 2』에 등장하는 글레나의 이야기를 듣게 되었다. 글레나는 아이 셋 딸린 이혼녀로 식당에서 서빙 일을 하며 힘겹게 하루하루를 살아가고 있었다. 그녀는 우연히 한 강의에 참여했다가 "내 가슴이 원하는 그림을 그려보라."라는 제안을 받고 자신이 상상하는 그림을 오려 붙였다. 그녀는 잘생긴 남자, 결혼식, 아름다운 다이아몬드, 카리브해 바다의 작은 섬, 아름다운 가정, 회사에서 이사가 된 자신의 모습까지 당시로써는 가당치 않은 그림을 완성한 후 그것을 냉장고에 붙여놓고 매일 그림 속의 삶을 상상했다. 긍정적인 상상은 글레나를 웃게 했고, 행복하게 했다. 그런 그녀를 보고 마음을 빼앗긴 한 남성이 글레나에게 청혼했다. 글레나의 이야기는 '생생하게 꿈꾸면 이루어진다.'라는 말이 망상이 아님을 알게 해주었다.

나는 글레나의 이야기를 들으며 긍정적인 상상으로 그려낸 내 그림을 다시 한번 펼쳐보았다. 꿈을 가지고 그림 안에 들어가 서 있는 상상을 하니 나도 모르게 희망이 부풀어 오르고 행복이 차올랐다. 나는 가만히 앉아 누군가 내 그림에 색을 칠해주길 기다리고 있을 수는 없었다. 그것은 마치 맛있는 감을 먹고 싶은 사람이 감나무 밑에 누워 입을 벌린 채 감이 입속으로 떨어지기를 바라는 것과 같았다.

나는 내가 그린 밑그림에 색을 칠하기 위해 오늘 내가 할 수 있는 일이 무엇인지 찾아보았다. 긍정의 언어, 일희일비하지 않는 마음, 성실하고 진실하게 살고자 하는 삶의 태도는 그림을 칠할 수 있는 아름다운 색이 되었고, 그것은 어떤 역경과 고난에도 다시 일어서는 힘이 되었다.

그런데 어느 순간 은밀하게 내 생각을 타고 들어오는 부정적인 상상이 긍정적인 상상을 방해하고 있음을 알게 되었다. 나는 부정적인 상상을 의식적으로 경계하고 조심해야 한다는 것을 깨달았다. 부정적인 상상은 불안과 걱정, 두려움, 부정의 언어라는 색을 가지고 있었다. 부정적인 상상이 발동되면 편안했던 호흡조차 한숨으로 바뀌었다.

특히 부정적인 상상이 일상화된 사람과 대화를 나눌 때는 긍정적인 상상을 가진 사람과 나누는 대화에서 받는 것과 비슷한 강도의 영향을 받는다는 것을 깨달았다.

그날은 딸의 생일날이었는데, 딸은 식사를 마친 후 카페에서 차를 한 잔 마시자고 했다. 뒤늦게 예체능 쪽의 꿈을 찾은 딸은 그동안 공부했던 학과 성적보다 실기가 중요한 상황이 되었다. 딸의 얼굴에 근심이 있어 보였다. 엄마인 나는 딸이 행여 자신의 꿈을 위해 그동안 해왔던 공부를 포기한 일을 후회하는 건 아닌지 걱정되었다. 딸은 내가 묻기도 전에 요즘 자신이 가지고 있는 마음의 어려움을 이야기해 주었다.

딸에게는 서로 응원하고 위로를 주고받는 친구가 있는데, 이상하게 요즘은 그 친구와 대화를 하다가 마음이 상하게 되는 일이 종종 있다고 했다. 분명 힘이 될 때도 있지만, 끝이 석연찮고 우울해지거나 예민하게 되는 때가 더 많다고 했다. 딸은 그런 자신이 이해되지 않는다고 했다. 둘의 대화 내용을 들어보니 딸 친구의 생각 속에 부정적인 상상이 크게 자리하고 있음을 알 수 있었다.

나 또한 직장에서 딸과 비슷한 상황에 놓일 때가 있었기 때문에 딸의 마음을 이해할 수 있었다. 나는 동료와 협조적인 관계를 유지해야 하는 자리에 있기에, 누군가 부정적인 상상에서 나온 이야기를 할 때도 그의 마음을 먼저 공감해 주려고 했다. 그러다 보면 나도 모르는 사이에 긍정적인 상상은 온데간데없어지고, 내 마음에는 걱정 보따리가 떡하니 안겨져 있었다. 그런 일을 반복적으로 겪으면서 부정적인 상상이 미치는 파급효과가 얼마나 큰지를 깨닫게 되었다.

그래서 요즘은 대화할 때 내 쪽에서 좀 더 적극적으로 대화를 이끌어가려고 노력한다. 관계를 중시하다가 부정적인 상상에 휘둘리는 일을 피하기 위해, 긍정적인 상상으로 그려낸 그림에 우선순위를 두고 여타의 것에 흔들리지 않기 위한 노력을 하고 있다.

긍정적인 상상은 나이와 능력을 초월하게 만드는 강력한 힘이 있다. 그러나 인간에게는 습관적으로 부정적인 상상으로 되돌아가려는 관성이 있으므로, 부정적인 상상을 끊어내고 긍정적인 상상을 이끌어내기 위해 마음을 쏟아야 한다.

지금, 이 순간 나는 내가 그린 그림 안으로 뛰어 들어간다. 내 손에 들린 긍정적인 상상이라는 붓을 들고 그림에 색을 칠한다. 붓을 잡은 내 손에 힘이 생기고, 내 얼굴에 화색이 돈다. 어느새 내 마음에 찾아온 행복이 나를 웃게 한다.

예쁘게 말하는 사람

나는 꽃을 좋아한다. 특히 작은 들꽃을 좋아하는 나는 길가에 핀 꽃을 보면 걸음을 멈추고 가만히 꽃을 들여다보곤 한다. 오밀조밀 예쁘게 피어 있는 꽃을 보면 참 행복해진다.

문득 사람 중에도 꽃과 같은 사람이 있다는 생각이 든다. 만나면 좋은 사람, 만나면 행복해지는 사람, 오래 함께 있고 싶은 사람이 있다. 내게도 그런 사람이 있다. 엄청난 재벌가도 빼어난 미모를 가진 사람도 타고 난 실력자도 아닌 그 사람은 그저 말을 예쁘게 하는 사람이다.

어릴 적 담장이 있던 집에 살던 나는 담장 너머에 무엇이 있는지 궁금해 제자리에서 폴짝폴짝 뛰며 담장 너머를 보려고 애를 태웠다. 그런데 아무리 뛰어도 담장 너머는 도무지 볼 수가 없었다. 그땐 영영 담장 너머를 볼 수 없을 것처럼 생각했지만, 나이를 먹고 키가 자라니 뛰지 않아도 자연스럽게 담장 너머가 훤히 보였다.

삶의 지혜도 그런 것 같다. 시간의 흐름과 함께 그냥 터득되는 지혜가 있는가 하면 사람들과 부대끼며 배워지는 것도 있다. 말을 예쁘게 하는 사람의 지혜는 후자에 속한다. 크고 작은 모임에서 사람들을 만나면서 내가 말을 예쁘게 하는 사람을 좋아하는 이유를 알게 되었다. "말 한마디로 천 냥 빚을 갚는다."라는 말이 무엇인지 실감케 하는 일들도 경험했다. 어딜 가나 말을 거름망 없이 뱉어내는 무례한 사람이 있었기에 그런 사람들을 만날 때마다 예쁘게 말하는 것은 행복한 어른이 되는데 필요조건임을 깨달았다.

나는 평소 시간이 날 때 유튜브에 올라온 좋은 강의를 찾아 듣는데, 어느 날 김창옥 강사가 강의 중 청중들에게 던진 질문을 듣고 잠시 생각에 잠겼다. "남성분들! 어떤 여성분과 결혼해야 할까요?"라는 질문이었다. 그 질문을 들으니 '만일 내 아들이 결혼한다면 어떤 여자와 하면 좋을까?' 하는 생각이 들었다. 이런 생각은 처음 해보는 것이었지만 찰나의 순간에도 많은 생각이 떠올랐다. 자리에 앉아 있는 청중들도 나와 같은 심정이었는지 다양한 대답이 나왔다. 청중의 대답을 다 들은 강사는 "남성분들! 말을 예쁘게 하는 여성분과 결혼해야 합니다."라고 했는데, 듣고 보니 공감이 되었다. 반평생을 함께 살 사람이 얼굴 마주칠 때마다 마음을 상하게 하는 말을 한다고 상상하니 지옥이 따로 없을 것 같았고, 반대의 경우라면 결혼 한번 해볼 만할 것 같았다. 실제로 같은 상황에서도 사람의 마음을 상하게 말하는 사람이 있는가 하면 사람 마음을 감동하게 하는 말을 하는 사람이 있다.

어린이집에서는 아이들을 보육하고 교육하는 일 외에도 다양한 일을 하고 있으므로 분야별로 담당자를 두고 일이 효율적으로 진행될 수 있도록 하고 있다. 업무를 꼼꼼하게 분장했다고 해도 손 가는 일들이 많이 생기는 곳이 어린이집이라 바쁠 때는 작은 손길 하나가 절실하다. 한번은 어린이집에 실습 교사가 왔다. 점심시간에 교사실에서 수북이 쌓인 택배를 정리하고 있는데 "택배가 정말 많이 왔네요. 제가 도와드릴 일이 있을까요?" 하고 물었다. 나는 "선생님, 이것 좀 뜯어주실 수 있으세요?" 하자 "그럼요. 제가 도움드릴 수 있는 일이 있어 정말 감사해요." 라고 말하며 환하게 웃었다. 덩달아 기분이 좋아졌다. 그뿐만이 아니었다. 복도를 오가다 만나면 "식사 맛있게 하셨어요?" 하고 묻는가 하면 어떤 날은 "제가 한쪽 들어 드릴게요. 혼자서 무리하시면 허리 다치세요." 하고 말하며 힘을 보태었다. 별것 아닌 일, 별것 아닌 말이었지만 그녀 입에서 나오는 말은 내 마음을 기쁘게 했고, 오가며 만날 때마다 한 번 더 눈을 맞추고 싶게 만들었다.

이런 일이 있은 며칠 뒤 휴식 시간에 교사실에서 쉬고 있는

데, 선생님 한 분이 핸드폰을 보며 "얘는 내 아들이지만 정말 말을 예쁘게 해요. 내가 닮고 싶어요." 하며 흐뭇한 미소를 지으셨다. 나는 '아들을 닮고 싶은 엄마'를 만든 이야기가 어떤 것인지 궁금해 선생님의 이야기를 더욱 경청했다.

선생님 아들은 반수를 준비하며 개인과외 아르바이트를 하고 있는데, 매달 과외비를 받으면 과외 학생에게 이름 있는 브랜드의 피자를 시켜주었다고 한다. 그 사실을 뒤늦게 알게 된 학생 엄마는 과외비도 시세보다 적게 받으면서 피자까지 사주다니 과외선생님 마음 씀씀이가 고마워 피자값에 따르는 금액을 입금해 주었다고 한다. 하지만 아들은 그 돈을 학생 어머니께 다시 돌려드리며 "어머니! 어머니 마음에 감사드립니다. 피자는 열심히 공부해 성적을 올린 시후가 대견하고 고마워 시후에게 주는 제 선물입니다. 시후 덕분에 저는 과외도 하고 용돈까지 벌 수 있게 되어 오히려 제가 더 감사하지요."하고 메시지를 보냈다고 한다. 참 마음처럼 말도 예쁘게 하는 아들 이야기에 내 마음도 덩달아 훈훈해졌다.

"'아' 다르고 '어' 다르다."라는 속담이 있다. 비슷한 말이라도 어떻게 하느냐에 따라 듣기 좋은 말이 되기도 하고 듣기 싫은 말이 되기도 하므로 말을 가려 해야 한다는 뜻이다. 예쁘게 말하는 것이 결코 쉬운 일이 아니라는 것도 알고 있다. 하지만 정성스럽게 쌓은 관계나 개인이 가지고 있는 좋은 이미지가 무심코 하는 말로 도루묵이 되는 상황을 옆에서 보면, 같은 말인데 기왕이면 예쁘게 말하면 얼마나 좋을까 하는 안타까운 마음이 든다.

내 주위엔 시시비비를 잘 가리고 똑 부러지게 말을 잘하는 사람도 있고, 말을 예쁘게 하는 사람도 있다. 나는 틀린 말 하지 않는 사람 옆에 있으면 어딘지 모르게 불편하고 말과 행동을 조심하게 되지만, 말을 예쁘게 하는 사람 곁에 있으면 힘과 위로를 받고 자존감도 높아진다. 이렇게 느끼는 것은 나만이 아니었다. 나는 나와 비슷한 경험담을 주위에서 심심찮게 들으며 나이 들수록 말을 예쁘게 하는 것이 삶을 얼마나 풍성하게 하는지를 깨달을 수 있었다.

사십 줄에 접어드니 주변에서 늘어나는 주름을 걱정하는 소리가 크게 들린다. 나도 한때는 거울을 볼 때마다 늘어나는 주름 때문에 한숨을 쉬었다. 그런데 언제부턴가 나는 내 얼굴에 책임지는 삶을 살아야 한다는 막중한 책임감을 느끼게 되었다.

나는 말을 예쁘게 하는 사람의 인상을 상상해 보았다. 이 또한 내가 가지고 싶은 인상일 것이다. 험상궂은 인상보다는 인자하고 온화한 인상이 먼저 그려졌다. 내가 하는 말이 내 인상을 만들 것이다.

나에게 예쁘게 말하기를 연습하기에 가장 좋은 장소는 바로 가정이다. 허물없이 편한 사이라는 이유로 배우자와 자녀에게 말로 상처를 주는 일이 빈번하게 일어나기 때문이다. 사회에서 만나는 사람에게는 예의도 갖추고 말도 조심하면서 가족은 나를 이해해 주고 수용해 주리라는 생각에 입술을 제어하지 못할 때가 많았다.

이제라도 늦지 않았다고 생각하고 나는 가족들에게 먼저 예쁘게 말하기를 시작하였다. 늘 내가 말하던 습관대로 말하지 않기 위해 먼저 생각한 후에 말하게 되었다. 고심하며 말하는 게 힘들어지자 '이 일을 굳이 해야 하는가? 이 나이에? 왜 나만 해야 하지?' 하는 불평이 올라왔지만, 곧이어 내 안에서 또렷하고 선명한 소리가 들려왔다. '나이만 먹은 어른이 아니고 성숙하고 행복한 진짜 어른이 되고 싶으니까.'

나는 내가 꿈꾸는 어른의 모습을 깊이 묵상하고 행동으로 옮겨본다.

성숙하고 행복한
진짜 어른이 되고 싶은

나에게
그리고 당신에게

Epilogue 1
유년 시절의 나에게 쓰는 편지

꼬마 아가씨 선화야 안녕!

나는 네가 잘 견디고 버티며 성장해 준 덕분에 이제는 너에게 편지를 쓸 수 있을 만큼 건강하게 지내고 있단다.

고마운 꼬마 아가씨야, 어느 날 불현듯 네 생각이 났는데 내가 한 번도 너에게 공식적으로 고맙다는 말을 전한 적이 없었다는 걸 깨달았어. 다른 사람에게는 깍듯이 예의를 갖추고 인사도 잘하면서 정작 너에게는 무심하게 지나쳤던 것 같아.

많이 서운했지?

선화야! 너 어릴 땐 엄마 껌딱지였지. 오일장이 열리던 그날 기억하니?

네가 살던 시골에선 닷새마다 장이 열렸잖아. 엄마는 그날 빨리 장에 가서 먹거리를 사고, 농사일하러 가셔야 했기에 어린 너를 데리고 갈 수가 없었지. 마침 너는 소꿉놀이에 푹 빠져 있었고, 엄마는 그 틈을 타 얼른 논두렁길로 달음박질해 가셨지.

달리 너에게 '껌딱지'라는 별명이 붙었을까? 느낌으로 엄마가 없다는 것을 알아챈 너는 엄마를 찾아 달리기 시작했고, 저 멀리 엄마의 뒷모습이 보이자 엄마를 목 놓아 부르며 하염없이 눈물을 흘렸잖아.

넌 그때 엄마를 다시 볼 수 없을 것 같아 두렵고 무서웠던 거지? 너의 전부인 엄마가 없는 세상은 생각도 하기 싫을 만큼 끔찍했을 거야.

그럴 만도 하지. 할머니 장례식장에 가기 전까지만 해도 늦둥이로 태어나 엄마 사랑을 독차지하며 자라는 고명딸인 줄 알았었지. 외할머니 장례를 치를 때 태어나 처음으로 엄마가 그렇게 많이 우는 모습을 본 너는 엄마에게 큰일이 난 거로 생각하며 엄마 곁을 떠나지 않고 지켜야 했지.

그때 엄마 옆으로 누군가 오시더니 "누구야?" 하고 묻자 엄마는 "내 딸!"이라고 대답하신 후 너를 힐끗 보며 화제를 바꾸려고 하셨지. 엄마의 이상한 행동을 보아 버린 너는 그날 이후로 쭉 주변의 이야기에 촉을 세우고 눈치를 보며 생활하게 되었잖아.

어른이 된 나는 그런 널 생각하면 늘 안쓰러운 마음이 들어.

선화야!

더 늦기 전에 그 시절 잘 견뎌주고 버텨주어 고맙다는 말을 해주고 싶었어.

살아보니 세상에 사연 없는 인생을 산 사람은 없더라. 그리고 그 인생을 해석하는 것은 다른 사람이 아닌 자기 자신이더라. 똑같은 상황, 똑같은 일을 만나도 해석하는 것은 천차만별이더라.

너는 누구보다 너의 인생을 잘 해석하고 멋지게 만들었단다. 네가 있었기에 지금의 내가 있다는 걸 알기에 너에게 한없이 고맙기만 하단다.

꼬마 아가씨 선화야!

잘 살아주어 고마워. 그리고 사랑해.

2023년 6월 너의 분신으로부터

Epilogue 2
낳아주신 아버지께 쓰는 편지

아버지! 저 선화예요. 제가 아버지라 불러 당황스러우셨죠?

작은 꼬마였던 제가 어느새 사십 중반의 나이가 되었네요. 이 나이쯤 되면 천연덕스럽게 아버지라고 부를 수 있을 줄 알았는데 오히려 생각이 많아지고 망설여지네요.

아버지라는 단어는 살면서 늘 제 가슴에 사무치는 이름이었습니다.

항상 아빠라는 단어 앞에 주춤거리고 쭈뼛거리면서도 그 이름을 불러보고 싶고, 아빠의 존재를 간절히 원했던 시절이 있었답니다. 현실에서는 아빠를 알지도 찾지도 부르지도 못하면서 말이에요. 아버지를 생각할 때마다 몰려오는 감정을 감추려고 항상 가면을 써야 했던 저는 아프지 않은 척, 슬프지 않은 척, 아무 일 없는 척했답니다. 누가 가르쳐 주지 않았는데도 그래야 모두를 지킬 수 있고 지켜 낼 수 있다고 생각했답니다. 사랑으로 나를 키워준 고마운 할머니, 큰 나무 같은 사랑을 주신 할아버지, 이미 한 가족의 가장으로 사시는 아버지를 지켜드려야 한다고 생각했습니다.

제가 할 수 있는 일은 참고 견디며 제 출생에 대해 철저히 숨기는 것이었답니다. 잘 참고 잘 견디다가도 주어진 현실을 거부하고 싶어질 때면 한없이 무너지기도 했어요. 서럽게 울기도 하고 원망도 하면서요.

어른들이 수군거릴 때면 한결같이 그들의 시선을 회피했고 딴청을 피우며 상황을 모면하려 했던 저는 엄마, 아빠가 있는 친구들이 얼마나 부러웠는지 몰라요. 당당하게 부를 수 있는 엄마, 아빠만 있다면 가난해도 형제가 없어도 집이 없어도 좋다는 꿈같은 상상을 하곤 했답니다.

제가 바랐던 건 지극히 평범한 가족관계였건만 어디서부터 잘못된 건지 꼬여버린 호칭으로 세월은 흘러갔고 돌이킬 수 없는 지경에 이르게 되었던 것 같아요. 할머니와 할아버지가 그것을 아셨다면 그렇게 하지 않으셨을 테지만 어린 제 마음까지 헤아릴 겨를도 없이 시간이 흘러갔었던 것 같아요. 안타깝게도.

아버지!

시간이 허락되었을 때 아버지께 제 마음을 전하고 싶다는 이유 하나로 이 편지를 씁니다. 제 간절함이 아버지는 물론이고 다른 가족들의 마음을 불편하게 하는 일이 되지는 않을지, 아버지의 입장이 난처해지는 건 아닌지 여러 생각들로 벌써 마음이 무거워집니다. 그래도 용기를 내봅니다.

결혼하고 엄마가 되어보니 부모 마음이 이해가 되기도 하지만, 시간이 갈수록 나를 낳아준 분들은 어떤 분들이신지, 무엇을 좋아하고 무엇을 싫어하는지, 나의 외모는 누굴 닮고, 성격은 누굴 닮았는지, 뿌리에 대한 궁금증이 생깁니다.

어릴 때 할아버지는 칼국수를 좋아하셔서 2, 3일 간격으로 손수 밀가루 반죽을 해서 칼국수를 해주셨답니다. 칼국수를 싫어하는 저는 칼국수 먹는 날이면 할아버지께 면박을 듣곤 했지요. 저는 면 요리 외엔 가리는 음식이 거의 없지만 특히 좋아하는 건 얼큰한 국물 요리입니다. 비린 생선도 잘 먹고, 잘 익은 김치와 누룽지를 좋아한답니다.

어릴 적부터 노래 부르기를 좋아해 시도 때도 없이 노래를 불렀고, 노래를 통해 행복도 위로도 받았기에 지금도 여전히 노래를 좋아한답니다.

손도 발도 키도 작은데 발볼은 넓적하고 눈은 속쌍꺼풀이 있는 짝눈이랍니다. 콧대가 없어 안경 맞추기가 힘들지만, 입술은 앵두같이 예쁘답니다. 사람을 좋아하는 성격을 가져 두루두루 원만한 인간관계를 맺고 지내고 있어요. 이런 나에게 아버지를 닮은 부분이 있는지 궁금하네요.

제 아이들이 자라면서 엄마가 자신들에게 출생에 대해 숨기는 부분이 있다는 걸 눈치채고는 엄마의 과거 이야기를 숨김없이 해달라고 한답니다. 저는 때가 되면 이야기해 준다며 일축했답니다.

아버지!
제 아픔과 고통에 견주지 못할 만큼 아프고 힘드셨을 아버지를 생각하면 가슴이 아려옵니다. 아버지도 분명 어쩔 수 없는 상황으로 힘드셨을 텐데 참고 견디시느라 얼마나 힘드셨어요? 아버지 마음이 곪진 않았는지, 건강에 이상이 있는 건 아닌지 걱정이 되는 요즘이랍니다.

아버지, 행여라도 저에 대한 마음의 짐이 있다면 남김없이 훌훌 날려 보내세요. 한때는 아버지가 나를 찾지도 궁금해하지도 않는다며 원망도 했지만, 이제는 그게 아니란 걸 알아요. 정말 알아요. 아버지가 해결할 수 있는 일도, 어떻게 할 수 있는 일도 없었다는 것을요. 그리고 아버지도 저라는 존재로 인해 고통받고 아파하셨다는 것을요. 그러니 미안함이나 죄책감 같은 건 조금도 남겨두지 마시고 마음의 모든 짐을 깨끗하게 털어버리시기 바랍니다.

그립고 불러보고 싶었던 가슴 절절한 이름, 아버지!

더 시간이 지나 평생을 두고 후회할 일이 생기기 전에 아버지를 불러봅니다.

아버지!

항상 건강하세요. 정말 정말 건강하시고 행복하세요. 과거의 시간보다 앞으로의 시간이 갑절로 행복하시길 소망하는 기도를 올려 봅니다. 세상 그 누구보다 내 아버지가 행복하시기를 빕니다.

아버지!

감사합니다. 저를 낳아주셔서 너무너무 감사합니다. 생명 주신 아버지께 평생을 두고 감사하며 살겠습니다.

아버지!

사랑합니다. 사랑합니다. 인정 많고 사랑 많은 성품을 물려주신 아버지를 사랑해요.

아버지!

이 땅에서의 만남은 어렵고 힘들었지만, 천국에서만큼은 아버지와 함께 마음껏 기쁨 누리고 싶어요. 이제 제 소원은 모든 무거운 짐 내려놓고 아버지를 천국에서 만나는 것입니다. 상상하는 것만으로 너무 행복합니다.

저는 오늘도 아버지 딸로 행복하게 살겠습니다. 아버지도 행복하세요. 아버지 감사합니다.

2023년 9월 가을이 오는 길목에서
아버지를 사랑하는 딸 선화 올림

당신은 나에게 선물입니다

초판 발행 2025년 3월 28일

글 김선화

펴낸곳 은혜미디어
펴낸이 허동선

주소 경기도 고양시 일산서구 일현로 42, 3층
전화 02)388-3692
팩스 02)6442-3692
등록 제2018-000144호

편집·디자인 김지은

ISBN 979-11-978430-4-4 (03810)